काशीनाथ सिंह

काशीनाथ सिंह का जन्म 1 जनवरी, 1937 को बनारस, उत्तर प्रदेश के जीयनपुर गाँव में हुआ। उनकी आरम्भिक शिक्षा गाँव के पास के विद्यालयों में हुई। काशी हिन्दू विश्वविद्यालय से हिन्दी में एम.ए. (1959) और पी-एच.डी. (1963) किया। इसी विश्वविद्यालय के हिन्दी विभाग में प्रोफेसर एवं विभागाध्यक्ष रहे।

उनकी प्रकाशित कृतियाँ हैं—*लोग बिस्तरों पर, सुबह का डर, आदमीनामा, नई तारीख़, सदी का सबसे बड़ा आदमी, कल की फटेहाल कहानियाँ, कहानी उपखान, पत्ता-पत्ता बूटा-बूटा, प्रतिनिधि कहानियाँ, दस प्रतिनिधि कहानियाँ* (कहानी-संग्रह); *काशी का अस्सी, अपना मोर्चा, रेहन पर रग्घू, महुआचरित, उपसंहार* (उपन्यास); *घोआस* (नाटक); *हिन्दी में संयुक्त क्रियाएँ* (शोध); *आलोचना भी रचना है* (समीक्षा); *याद हो कि न याद हो, आछे दिन पाछे गए, घर का जोगी जोगड़ा* (संस्मरण); *गपोड़ी से गपशप, बातें हैं बातों का क्या, हंसा करो पुरातन बात* (साक्षात्कार)।

अपना मोर्चा उपन्यास का जापानी एवं कोरियाई भाषाओं में अनुवाद। जापानी में कहानियों का अनूदित संग्रह। कई कहानियों का भारतीय और अन्य विदेशी भाषाओं में अनुवाद। उपन्यास और कहानियों की रंग-प्रस्तुतियाँ। तीसरी दुनिया के लेखकों-संस्कृतिकर्मियों के सम्मेलन के सिलसिले में जापान-यात्रा (नवम्बर, 1981)।

उन्हें *भारत भारती पुरस्कार, कैफ़ी आज़मी अवार्ड, कथा सम्मान, समुच्चय सम्मान, शरद जोशी सम्मान, साहित्य भूषण सम्मान, रचना समग्र पुरस्कार* और *रेहन पर रग्घू* उपन्यास के लिए *साहित्य अकादेमी पुरस्कार* से पुरस्कृत किया गया है।

सम्प्रति : बनारस में रहकर स्वतंत्र लेखन।

रेहन पर रग्घू

काशीनाथ सिंह

राजकमल पेपरबैक्स

पहला पुस्तकालय संस्करण
राजकमल प्रकाशन प्राइवेट लिमिटेड द्वारा
2008 में प्रकाशित

राजकमल पेपरबैक्स में
पहला संस्करण : 2010
आठवाँ संस्करण : 2025

राजकमल पेपरबैक्स : उत्कृष्ट साहित्य के जनसुलभ संस्करण

राजकमल प्रकाशन प्रा.लि.
1-बी, नेताजी सुभाष मार्ग, दरियागंज
नई दिल्ली-110 002
द्वारा प्रकाशित

शाखाएँ : अशोक राजपथ, साइंस कॉलेज के सामने, पटना-800 006
पहली मंजिल, दरबारी बिल्डिंग, महात्मा गांधी मार्ग, प्रयागराज-211 001
1, अनमोल सोराबजी संतुक लेन, धोबी तलाव, मरीन लाइंस, मुम्बई-400 002
वेबसाइट : www.rajkamalprakashan.com
ई-मेल : info@rajkamalprakashan.com

बी.के. ऑफसेट
नवीन शाहदरा, दिल्ली-110 032
द्वारा मुद्रित

मूल्य : ₹250

REHAN PER RAGGHU
Novel by Kashinath Singh

ISBN : 978-81-267-1964-8

कोलकाता में
तेजस्वी पत्रकार
बाँग्ला-हिन्दी-सेतु
अपने छोटे भाई कृपाशंकर चौबे के लिए

अगर
'काशी का अस्सी'
मेरा नगर था
तो
'रेहन पर रग्घू'
मेरा घर है—और शायद आप का भी।

काशीनाथ

एक

1

कभी नहीं भूलेगी जनवरी की वह शाम!

शाम तो मौसम ने कर दिया था वरना थी दोपहर! थोड़ी देर पहले धूप थी। उन्होंने खाना खाया था और खाकर अभी अपने कमरे में लेटे ही थे कि सहसा अंधड़। घर के सारे खुले खिड़की दरवाजे भड़ भड़ करते हुए अपने आप बन्द होने लगे खुलने लगे। सिटकनी छिटक कर कहीं गिरी, ब्यौंड़े कहीं गिरे जैसे धरती हिल उठी हो, दीवारें काँपने लगी हों। आसमान काला पड़ गया और चारों ओर घुप्प अँधेरा।

वे उठ बैठे!

आँगन और लान बड़े बड़े ओलों और बर्फ के पत्थरों से पट गए और बारजे की रेलिंग टूट कर दूर जा गिरी—धड़ाम! उसके बाद जो मूसलाधार बारिश शुरू हुई तो वह पानी की बूँदें नहीं थीं—जैसे पानी की रस्सियाँ हों जिन्हें पकड़ कर कोई चाहे तो वहाँ तक चला जाय जहाँ से ये छोड़ी या गिराई जा रही हों। बादल लगातार गड़गड़ा रहे थे—दूर नहीं, सिर के ऊपर जैसे बिजली तड़क रही थी; दूर नहीं, खिड़कियों से अन्दर आँखों में।

इकहत्तर साल के बूढ़े रघुनाथ भौंचक! यह अचानक क्या हो गया? क्या हो रहा है?

उन्होंने चेहरे से बन्दरटोपी हटाई, बदन पर पड़ी रजाई अलग की और खिड़की के पास खड़े हो गए!

खिड़की के दोनों पल्ले गिटक के सहारे खुले थे और वे बाहर देख रहे थे।

घर के बाहर ही कदम्ब का विशाल पेड़ था लेकिन उसका पता नहीं

चल रहा था—अँधेरे के कारण, घनघोर बारिश के कारण! छत के डाउन पाइप से जलधारा गिर रही थी और उसका शोर अलग से सुनाई पड़ रहा था!

ऐसा मौसम और ऐसी बारिश और ऐसी हवा उन्होंने कब देखी थी? दिमाग पर जोर देने से याद आया—साठ बासठ साल पहले! वे स्कूल जाने लगे थे—गाँव से दो मील दूर! मौसम खराब देख कर मास्टर ने समय से पहले ही छुट्टी दे दी थी। वे सभी बच्चों के साथ बगीचे में पहुँचे ही थे कि अंधड़ और बारिश और अँधेरा! सबने आम के पेड़ों के तने की आड़ लेनी चाही लेकिन तूफान ने उन्हें तिनके की तरह उड़ाया और बगीचे से बाहर धान के खम्धों में ले जाकर पटका! किसी के बस्ते और किताब कापी का पता नहीं! बारिश की बूँदें उनके बदन पर गोली के छर्रों की तरह लग रही थीं और वे चीख चिल्ला रहे थे। अंधड़ थम जाने के बाद—जब बारिश थोड़ी कम हुई तो गाँव से लोग लालटेन और चोरबत्ती लेकर निकले थे ढूँढ़ने!

यह एक हादसा था और हादसा न हो तो जिन्दगी क्या?

और यह भी एक हादसा ही है कि बाहर ऐसा मौसम है और वे कमरे में हैं।

कितने दिन हो गए बारिश में भींगे?

कितने दिन हो गए लू के थपेड़े खाए?

कितने दिन हो गए जेठ के घाम में झुलसे?

कितने दिन हो गए अंजोरिया रात में मटरग़श्ती किए?

कितने दिन हो गए ठंड में ठिठुर कर दाँत किटकिटाए?

क्या ये इसीलिए होते हैं कि हम इनसे बच के रहें? बच बचा के चलें? या इसलिए कि इन्हें भोगें, इन्हें जिएँ, इनसे दोस्ती करें, बतियाएँ, सिर माथे पर बिठाएँ?

हम इनसे ऐसा व्यवहार कर रहे हैं जैसे ये हमारे शत्रु हैं! क्यों कर रहे हैं ऐसा?

इधर एक अर्से से रघुनाथ को लग रहा था कि वह दिन दूर नहीं जब वे नहीं रहेंगे और यह धरती रह जाएँगी! वे चले जाएँगे और इस धरती का वैभव, इसका ऐश्वर्य, इसका सौन्दर्य—ये बादल, ये धूप, ये पेड़ पौधे, ये फसलें, ये नदी नाले, कछार, जंगल पहाड़ और यह सारा कुछ यहीं छूट जाएगा! वे

यह सारा कुछ अपनी आँखों में बसा लेना चाहते हैं जैसे वे भले चले जाएँ, आँखें रह जाएँगी; त्वचा पर हर चीज की थाप सोख लेना चाहते हैं जैसे त्वचा केंचुल की तरह यहीं छूट जाएगी और उसका स्पर्श उन तक पहुँचाती रहेंगी!

उन्हें लग रहा था कि बहुत दिन नहीं बचे हैं उनके जाने में! मुमकिन है वह दिन कल ही हो, जब उनके लिए सूरज ही न उगे। उगेगा तो जरूर, लेकिन उसे दूसरे देखेंगे—वे नहीं! क्या यह सम्भव नहीं कि वे सूरज को बाँध के अपने साथ ही लिए जाएँ—न वह रहे, न उगे, न कोई और देखे! लेकिन एक सूरज समूची धरती तो नहीं, वे किस किस चीज को बाँधेंगे और किस किस को देखने से रोकेंगे?

उनकी बाहें इतनी लम्बी क्यों नहीं हो जातीं कि वे उसमें सारी धरती समेट लें और मरें या जिएँ तो सबके साथ!

लेकिन एक मन और था रघुनाथ का जो उन्हें धिक्कारे जा रहा था—कल तक कहाँ था यह प्यार? धरती से प्यार की यह ललक? यह तड़प? कल भी यही धरती थी। ये ही बादल, आसमान, तारे, सूरज चाँद थे! नदी, झरने, सागर, जंगल, पहाड़ थे। ये ही गली, मकान, चौबारे थे! कहाँ थी यह तड़प? फुर्सत थी इन्हें देखने की? आज जब मृत्यु बिल्ली की तरह दबे पाँव कमरे में आ रही है तो बाहर जिन्दगी बुलाती हुई सुनाई पड़ रही है?

सच सच बताओ रघुनाथ, तुम्हें जो मिला है उसके बारे में कभी सोचा था? कभी सोचा था कि एक छोटे से गाँव से लेकर अमेरिका तक फैल जाओगे? चौके में पीढ़ा पर बैठ कर रोटी प्याज नमक खाने वाले तुम अशोक बिहार में बैठ कर लंच और डिनर करोगे?

लेकिन रघुनाथ यह सब नहीं सुन रहे थे। यह आवाज बाहर की गड़गड़ाहट और बारिश के शोर में दब गई थी। वे अपने वश में नहीं थे। उनकी नजर गई कोने में खड़ी छड़ी और छाता पर! जाड़े की ठंड यों भी भयानक थी और ऊपर से ये ओले और बारिश। हिम्मत जवाब दे रही थी फिर भी उन्होंने दरवाजा खोला। खोला या वे वहाँ खड़े हुए और अपने आप खुल गया! भींगी हवा का सनसनाता रेला अन्दर घुसा और वे डर कर पीछे हट गए! फिर साहस बटोरा और बाहर निकलने की तैयारी शुरू की! पूरी बाँह का थर्मोकोट पहना, उस पर सूती शर्ट, फिर उस पर स्वेटर, ऊपर से कोट। ऊनी पैण्ट पहले ही पहन चुके थे। यही सुबह जाड़े में पहन कर टहलने की उनकी पोशाक थी! था तो मफलर भी लेकिन उससे ज्यादा जरूरी

था—गमछा! बारिश को देखते हुए! जैसे जैसे कपड़े भींगते जाएँगे, वे एक एक कर उतारते और फेंकते चले जाएँगे और अन्त में साथ रह जाएगा यही गमछा!

वे अपनी साज सज्जा से अब पूरी तरह आश्वस्त थे लेकिन नंगे बिना बालों के सिर को लेकर दुविधा में थे—कनटोप ठीक रहेगा या गमछा बाँध लें।

ओले जो गिरने थे, शुरू में ही गिर चुके थे, अब उनका कोई अंदेशा नहीं!

उन्होंने गमछे को गले के चारों ओर लपेटा और नंगे सिर बाहर आए!

अब न कोई रोकने वाला, न टोकने वाला। उन्होंने कहा—"हे मन! चलो, लौट कर आए तो वाह वाह! न आए तो वाह वाह!"

बर्फीली बारिश की अंधेरी सुरंग में उतरने से पहले उन्होंने यह नहीं सोचा था कि भींगे कपड़ों के वजन के साथ एक कदम भी आगे बढ़ना उनके लिए मुश्किल होगा।

वे अपने कमरे से तो निकल आए लेकिन गेट से बाहर नहीं जा सके!

छाता खुलने से पहले जो पहली बूँद उनकी नंगी, खल्वाट खोपड़ी पर गिरी, उसने इतना वक्त ही नहीं दिया कि वे समझ सकें कि यह बिजली तड़की है या लोहे की कील है जो सिर में छेद करती हुई अन्दर ही अन्दर तलवे तक ठुंक गई है! उनका पूरा बदन झनझना उठा। वे बौछारों के डर से बैठ गए लेकिन भींगने से नहीं बच सके। जब तक छाता खुले, तब तक वे पूरी तरह भींग चुके थे!

अब वे फँस चुके थे—बर्फीली हवाओं और बौछारों के बीच। हवा तिनके की तरह उन्हें ऊपर उड़ा रही थी और बौछारें जमीन पर पटक रही थीं! भींगे कपड़ों का वजन उड़ने नहीं दे रहा था और हवा घसीटे जा रही थी! उन्हें इतना ही याद है कि लोहे के गेट पर वे कई बार भहरा कर गिरे और यह सिलसिला सहसा तब खत्म हुआ जब छाता की कमानियाँ टूट गईं और वह उड़ता हुआ गेट के बाहर गायब हो गया। अब उन्हें ऐसा लग रहा था जैसे हवा जगह जगह से नोच रही हो और पानी दाग रहा हो—जलते हुए सूजे से!

अचेत होकर गिरने से पहले उनके दिमाग में ज्ञानदत्त चौबे कौंधा—उनका मित्र! उसने दो बार आत्महत्या करने की कोशिश कीं—पहली बार लोहता

स्टेशन के पास रेल की पटरी पर नगर से दूर निर्जन जहाँ किसी का आना जाना नहीं था! समय उसने सामान्य पैसेंजर या मालगाड़ी का नहीं, एक्सप्रेस या मेल का चुना था कि जो होना हो, 'खट' से हो, पलक झपकते, ताकि तकलीफ न हो। वह पटरी पर लेटा ही था कि मेल आता दिखा! जाने क्यों, उसमें जीवन से मोह पैदा हुआ और उठ कर भागने को हुआ कि घुटनों के पास से एक पैर खचाक्।

यह मरने से ज्यादा बुरा हुआ! बैसाखियों का सहारा और घर वालों की गालियाँ और दुत्कार! एक बार फिर आत्महत्या का जुनून सवार हुआ उस पर! अबकी उसने सिवान का कुआँ चुना! उसने बैसाखी फेंक छलाँग लगाई और पानी में छपाक् कि बरोह पकड़ में आ गई! तीन दिन बिना खाए पिए भूखा चिल्लाता रहा कुएँ में—और निकला तो दूसरे टूटे पैर के साथ!

आज वही ज्ञानदत्त—बिना पैरों का ज्ञानदत्त—चौराहे पर पड़ा भीख माँगता है। मरने की ख्वाहिश ने उसे कहीं का नहीं छोड़ा! मगर यह कम्बख़्त ज्ञानदत्त उनके दिमाग में आया ही क्यों? वे मरने के लिए तो निकले नहीं थे? निकले थे बूँदों के लिए, ओले के लिए, हवा के लिए। उन्होंने नतीजा निकाला कि जीवन के अनुभव से जीवन बड़ा है। जब जीवन ही नहीं, तो अनुभव किसके लिए।

2

पहाड़पुर में रघुनाथ एक ही थे।

वैसे कहने को तो रामनाथ, शोभनाथ, छविनाथ, शामनाथ, प्रभुनाथ वगैरह वगैरह भी थे लेकिन वे रघुनाथ नहीं थे।

और रघुनाथ का यह था कि वे जब कभी जहाँ कहीं नजर आ जाते, गाँव घर के लोग जल भुन कर एक ठंडी आह भरते—वाह! क्या किस्मत पाई है पट्ठे ने!

रघुनाथ पहाड़पुर गाँव के अकेले लिखे पढ़े आदमी। डिग्री कालेज में अध्यापक। दुबले पतले लम्बे छरहरे बदन के मालिक। शुरू के दस वर्षों तक साइकिल से आते जाते थे, बाद में स्कूटर से। पिछली सीट पर कभी बेटी बैठती थी, बाद के दिनों में बेटे। कभी एक, कभी दोनों। आखिर पाँच छः मील का मामला था।

हर सुखी और सफल आदमी की तरह रघुनाथ ने भी अपने जीने, आगे बढ़ने और ऊँचाइयाँ छूने के कुछ नुस्खे ईजाद कर लिए थे! सच पूछिए तो उन्होंने ईजाद नहीं किए थे, उनकी प्रकृति में ही थे, बस वे समझ गए थे और उन्हें अपने नित्य व्यवहार का अंग बना लिया था। वे पतले और लम्बे थे इसलिए थोड़ा झुक कर चलते थे। कहीं आते जाते समय, किसी से मिलते जुलते बोलते बतियाते समय थोड़ा झुके रहते थे। पहली बार उन्होंने अपने संदर्भ में किसी दूसरे से बात करते समय प्रिंसिपल साहब के मुँह से 'विनम्रता' शब्द सुना। ऐसा उनकी प्रशंसा में कहा गया था। जिस झुके रहने पर वे शर्म महसूस करते थे, वही उनकी खूबी है—यह नया बोध हुआ। इसमें उन्होंने आगे चल कर दो खूबियाँ और जोड़ दीं—मुसकान और सहमति। कोई कुछ

कहे, वे मुसकराते रहते थे और समर्थन में सिर हिलाते रहते थे। यह तभी सम्भव है जब आप अपनी तरफ से कम से कम बोलें।

इस तरह रघुनाथ ने विनम्रता, मितभाषिता और मुसकान के साथ जीवन की यात्रा शुरू की थी।

और इसे संयोग ही कहिए कि वे कभी असफल नहीं रहे! इसी संयोग को दूसरे 'किस्मत' कहा करते थे! और इस पर विश्वास कर लिया था रघुनाथ ने भी!

हुआ यह कि एक बार वे कालेज से साइकिल से घर लौटने को हुए तो पाया—चेन टूट गई है। उन्होंने साइकिल कालेज में ही छोड़ दी और पैदल चल पड़े। गर्मी का मौसम, धूप तेज, हवा का नाम नहीं, बदन पसीने से तर ब तर। रास्ते में कहीं पेड़ पालो नहीं। आकाश में बादल थे लेकिन दूर। उनके मन ने कहा—काश! वे बादल उनके सिर के ऊपर होते छाता की तरह। और देखिए, एक फर्लांग ही आए होंगे कि बादल सचमुच उनके सिर के ऊपर। और यही नहीं, वे उनके साथ साथ छाया किए हुए गाँव तक आए!

अगले दिन ने यह साबित कर दिया कि वह मात्र भ्रम नहीं था। वे क्लास लेने के लिए रजिस्टर लेकर जैसे ही चले, वैसे ही ध्यान गया कि कलम नहीं है। या तो घर छूट गई या रास्ते में गिर गई। वे अभी क्लास में पहुँचे भी नहीं थे कि सामने घास में गिरी एक कलम दिखी—धूप में चमकती हुई।

ऐसी बातें औरों के साथ भी होती होंगी लेकिन जाने क्यों, उन्हें लगने लगा कि दीनदयालु परमपिता की उन पर विशेष कृपा है। वह उनकी हर सुविधा असुविधा का ध्यान रखते हैं। इसीलिए वे जो चाहते हैं, वह देर सबेर होकर रहता है।

और देखिए कि उन्होंने जब जब चाहा, जो जो चाहा सब होता गया।

उन्हें कुछ करना नहीं पड़ा, अपने आप होता गया।

पढ़ाई खत्म करने के बाद रघुनाथ रिसर्च कर रहे थे और उनका मन नहीं लग रहा था। आख़िर कब तक करते रहेंगे रिसर्च? कहीं नौकरी मिल जाती तो जान बचती!

और बहुत दिन नहीं बीते कि नौकरी मिल गई।

इसका श्रेय उन्होंने हाल में जन्मी अपनी बेटी को दिया। बेटी लक्ष्मी

होती है। वही अपने साथ और अपने लिए उनकी नौकरी लेकर आई थी। लेकिन अब इसके बाद एक बेटा चाहिए। यह उन्होंने नहीं, उनके दिल ने कहा।

और देखिए, चार साल बाद बेटा भी आ गया। उसके बाद एक और बेटा—बस!

इस तरह एक बेटी, दो बेटे, शीला और रघुनाथ—सब मिला कर पाँच जनों का परिवार। छोटा परिवार, सुखी परिवार! परिवार सुखी रहा हो या न रहा हो—रघुनाथ सुखी नहीं थे। जिन्दगी उनके लिए पहाड़पुर की धूल धक्कड़ और हँसी खेल नहीं थी। पैदा ही होना था तो स्वयं कीड़े मकोड़े की योनि में क्यों नहीं पैदा हुए? वे वहाँ भी पैदा हो सकते थे लेकिन नहीं, ईश्वर ने यदि उन्हें ऋषियों मुनियों के लिए दुर्लभ योनि में पैदा किया है तो इसके पीछे उसका कोई मकसद रहा होगा—कि जाओ, साठ सत्तर साल का मौका देते हैं तुम्हें; जाओ, धरती को सुन्दर और सुखी बनाओ। धरती सुन्दर और सुखी तभी होगी जब तुम्हारे बच्चे सुखी, सुन्दर और सम्पन्न होंगे। तुम्हें जो बनना था, वह तो बन चुके; अब बच्चे हैं जिनके आगे सारी जिन्दगी और दुनिया पड़ी है। वही तुम्हारे भी भविष्य हैं। जियो तो उन्हीं की जिन्दगी, मरो तो उन्हीं की जिन्दगी।

और रघुनाथ ने यही किया। उनकी सारी शक्ति और सारी बुद्धि और सारी पूँजी उन्हें ही सँवारने में लगी रही!

उन्होंने चाहा—सरला पढ़ लिख कर नौकरी करे।

सरला पढ़ लिख कर नौकरी करने लगी।

उन्होंने चाहा—संजय साफ्टवेयर इंजीनियर बने।

संजय साफ्टवेयर इंजीनियर ही नहीं बना, अमेरिका पहुँच गया!

उन्होंने चाहा—मैनेजर समधी बनें!

संजय ने यह नहीं चाहा! उसने वह किया जो उसने चाहा!

रघुनाथ का चाहा रह गया। दयानिधान कोई मदद नहीं कर सके उनकी! उन्हें अफसोस इस बात का था कि मैनेजर ने इसे बाप बेटे की मिलीभगत समझा था! वे काफी मानसिक तनाव में चल रहे थे लेकिन कालेज के उनके सहयोगियों ने उन्हें बधाइयाँ देकर राहत पहुँचाई—कि अच्छा हुआ, एक अंधी खाईं में गिरने से बच गए! इसमें प्रिंसिपल का रोल और अच्छा था। उसने

लगभग तीस साल पहले रघुनाथ के साथ ही ज्वाइन किया था कालेज! दोनों का याराना सा था! जब भी मिलते, हँसी मजाक और हाहा हूहू करते! उसने एक दिन धीरे से कहा—"रघुनाथ, मुझे आश्चर्य है कि इतनी सी बात तुम्हारी समझ में क्यों नहीं आई? वह तुम्हारी ही बेटी के बदले तुम्हारे बेटे को खरीद रहा था!"

इस तरह रघुनाथ सहज हो ही रहे थे कि एक दिन घर पर उन्हें प्रिंसिपल के हस्ताक्षर से नोटिस मिली। आरोप दो थे—'नेग्लिजेंस आफ ड्यूटी' और 'इनसबार्डिनेशन'! ऐसा कोई संकेत अपनी बातों में नहीं दिया था उसने। पहले कभी!

ये दोनों आरोप निराधार! इसे रघुनाथ ही नहीं, सहयोगी भी जानते थे और प्रिंसिपल भी। सबकी सहानुभूति उनके साथ थी, लेकिन साथ देने को कोई तैयार नहीं था! उन्होंने उत्तर दे दिया था मगर जानते थे कि इससे कोई लाभ नहीं। वे बदहवास से यहाँ से वहाँ दौड़ते रहे। आजिज आकर प्रिंसिपल से मिले और उससे सलाह माँगी। उसने कहा—'देखो रघुनाथ, चाहे तुम जितनी दौड़ धूप करो, निलम्बन का मन बना चुका है मैनेजर! उसकी शक्ति और पहुँच को जानते हो तुम! इसके बाद तुम कचहरी जाओगे, मुकदमा लड़ोगे, वह कब तक चलेगा कोई नहीं जानता। हो सकता है, फैसला होने के पहले ही तुम मर जाओ! हाँ, जब तक मुकदमा चलेगा, तब तक पेन्शन रुकी रहेगी। यह सब देख कर मेरी तो सलाह है कि तुम वी.आर.एस. (वालंटरी रिटायरमेण्ट स्कीम) ले लो!

रघुनाथ बहुत देर तक चुप रहे! उनसे कुछ बोला नहीं गया!

"ठीक है लेकिन मेरी एक मदद करें आप!"

"बोलो, क्या कर सकता हूँ मैं?"

"निलम्बन आप तब तक लटकाए रखें जब तक बेटी की शादी न हो जाय! फिर तो वही करूँगा जो आपने कहा है!"

मनुष्यता का तकाजा था ऐसा करना! प्रिंसिपल ने चिन्तित होकर कहा—"जाओ, कोशिश करूँगा लेकिन कहीं कहना मत!"

आखिरकार प्रिंसिपल कब तक इंतजार करता?

3

ऐसी मुसीबत में रघुनाथ को किसी और ने नहीं, उन्हीं के बेटों ने डाला था!

बेटों में भी संजय ने! खासतौर से संजय ने!

और यह लम्बी कहानी है—राँची से कैलिफोर्निया तक फैली।

संजय ने प्यार किया था सोनल को! यह प्यार किसी सड़कछाप टुच्चे युवक का दिलफेंक प्यार नहीं था, इसमें गुणा भाग भी था और जोड़ घटाना भी! जितना गहरा था, उतना ही व्यापक! सोनल संजय के प्रोफेसर सक्सेना की इकलौती बेटी थी! थ्रू आउट फर्स्ट क्लास, नेट और दर्शन से पीएचडी। नौकरी तो पक्की थी बनारस के विश्वविद्यालय में जहाँ उसके मामा कुलपति थे— लेकिन उसमें अभी देर थी; तब तक शादी का इंतजार था!

शादी के आड़े आ रहे थे उसके ओठों से बाहर आ गए दाँत और चिपटी नाक जिनकी क्षतिपूर्ति वह अपने सर्टिफिकेट से करती थी! रही सही कसर पूरी कर रही थी सक्सेना की फैलाई हुई यह अफ़वाह—कि उन्हें एक ऐसे जहीन साफ्टवेयर इंजीनियर युवक की जरूरत है जो एक अमरीकी बहुराष्ट्रीय कम्पनी के तीन साल के कंट्रैक्ट पर कैलिफोर्निया जा सके। इस जरूरत का मतलब पूरा इंस्टीट्यूट समझता था।

संजय फाइनल की परीक्षा दे चुका था, रिजल्ट की घोषणा बाकी थी!

इधर कई बार माँ बाप का संदेश आया था कि आओ, लड़की देख जाओ!

लड़की क्या देखना, वह देखी भाली थी! रघुनाथ जिस कालेज में पढ़ाते थे, उसी के मैनेजर और पूर्व विधायक की बेटी थी! गोरी, लम्बी, सुन्दर,

आकर्षक। एम.ए.। अच्छी हाउस वाइफ! मैनेजर पुराने जमाने के जमींदार, अथाह सम्पत्ति के स्वामी! रघुनाथ की कोई हैसियत नहीं थी उनके आगे। न कायदे के घर दुआर, न जमीन जायदाद। आठ बीघे खेत और एक हल की खेती! बचपन और जवानी तंगहाली में गुजारी थी। बच्चों को पढ़ाया भी तो खेत रेहन रख कर और कालेज से लोन लेकर। जाहिर है, मैनेजर ने 'साफ्टवेयर इंजीनियर' देखा था, अपने कालेज के मास्टर रघुनाथ को नहीं।

यह सम्बन्ध सपने से भी आगे की चीज था रघुनाथ के लिए। फायदे ही फायदे थे इससे! जनपद में पहचान और प्रतिष्ठा जो मिलती, सो अलग! वे क्या से क्या होने जा रहे थे!

तो, गाँव आने से पहले सक्सेना सर से विदा लेने गया था संजय!

इसे यों भी कह सकते हैं कि उसे डिनर पर बुलाया था सक्सेना सर ने!

गर्मी की शाम! अपने लान में सक्सेना बेंत की कुर्सी पर चुपचाप बैठे थे। माली गमलों में पानी दे रहा था। बँगले के अन्दर की बत्तियाँ जल रही थीं। किसी कमरे से संगीत की धुन आ रही थी! रिटायरमेण्ट के क़रीब, दिल के मरीज प्रो. सक्सेना संजय की मौजूदगी से बेखबर चुपचाप बैठे थे और सामने देख रहे थे। काफी देर बाद उन्होंने पूछा—"कौन सा इंस्ट्रूमेण्ट है?"

संजय ने नासमझी में सिर हिलाया!

"और राग? कौन सा राग है?"

संजय निरुत्तर, फिर सिर हिलाया!

वे मुसकराए और ऊँची आवाज में पुकारा—"सोनू!"

जीन्स के पैण्ट और टीशर्ट में उछलती हुई सोनल आई—'हाँ पापा!'

संजय खड़ा हो गया। सक्सेना मुसकराए, पहले संजय को देखा, फिर सोनल को! सोनल भी मुसकराई। संजय सोनल से मिला तो कई बार था, लेकिन देखा पहली बार। उसे लगा कि किसी लड़की को टुकड़ों में नहीं, 'टोटैलिटी' में देखना चाहिए! कितना फर्क पड़ जाता है? साथ ही लड़की और पत्नी को एक ही तरह से नहीं देखना चाहिए। रूप रंग, हाव भाव, नाज नखरे लड़की में देखे जाते हैं, पत्नी में नहीं! ये सब पुराने कन्सेप्शन हुए—हमारे पापा मम्मी के जमाने के, हमारे नहीं!

सक्सेना ने चुप्पी तोड़ी—"यह है सोनल! जिसमें मेरे प्राण बसते हैं।

सितार, सरोद, संतूर—माने सोनल। सोनल माने संगीत। चीपनेस इसे पसन्द नहीं। फिल्मी गानों को संगीत नहीं मानती! शायद इसलिए कि खुद कथक की डांसर रही है! खैर, तो क्या खिला रही हो हम लोगों को भाई?''

''वह तो तभी पता चलेगा जब खाएँगे!'' सोनल शर्मा कर भाग गई!

''बैठो संजू!'' कहते हुए सक्सेना भी बैठ गए—सिर झुकाए। कुछ सोचते! भर्राए स्वर में बोले—''कैसे रहूँगा इसके बगैर? रहूँगा कैसे, समझ में नहीं आता। चौदह साल की थी जब माँ गुजरी थी इसकी!''

इसके बाद उनकी आँखों से आँसू गिरने लगे—''तीन चार साल से लगातार आते रहे हैं लड़के। एक से एक। तुम्हारे सीनियर भी, क्लासफेलो भी! लेकिन बेटा, भारी संकट में हूँ। तुम्हीं उबार सकते हो इससे! पिछले साल ही कहा था इसने कि शादी करूँगी तो संजय से। नहीं तो जरूरी नहीं है शादी। अपने अन्दर छिपाए रहा इस बात को। आज कह रहा हूँ वह भी इसलिए कि फैसले की घड़ी आ गई है! तीन ही चार महीने का समय है कैलिफोर्निया जाने का। इसी बीच शादी है, एयर टिकट है, पासपोर्ट है, बीजा है, सारी तैयारियाँ हैं। सोनल अमेरिका और हनीमून को लेकर उत्साहित है।''

उन्होंने आँखें पोंछी और संजय को देखा—''हर बाप के सपने होते हैं। मेरे भी हैं। न होते तो सैन्ट्रो कार क्यों लेता? अपने लिए फिएट तो थी ही! नई घर गृहस्थी के सामान क्यों जुटाता? तुम्हारे ही नगर में एक कालोनी है—'अशोक विहार'। उसमें एक छोटा सा बँगला बनवाया है! सब कुछ कम्प्लीट है, बस फिनिशिंग बाकी है। सोचा था कि यहाँ से रिटायर करूँगा तो 'काशी वास' करूँगा! हर आदमी यह चाहता है। तुम्हारे पापा मम्मी भी चाहते होंगे। लेकिन सोचता हूँ कल सोनल विश्वविद्यालय में ज्वाइन करेगी, तो कहाँ रहेगी? मेरा तो सारा जीवन राँची में बीता, सारे दोस्त मित्र, रिश्ते नाते यहीं हैं, वहाँ जाकर क्या करेंगे? सो, बँगला उसी के नाम ट्रांसफर कर दे रहा हूँ।''

संजय चिन्तित। उसकी आँखों में पापा मम्मी के चेहरे घूम रहे थे। उसे लगने लगा था कि उसने उन्हें 'हाँ' करने में जल्दी कर दी थी! बोला—''बहुत देर कर दी सर, सोनल का मन बताने में!''

''देर सबेर कुछ नहीं होता संजू, हर चीज का समय होता है! अब यही देखो, मेरे साले प्रो. अस्थाना को बनारस में ऐसे ही वक्त पर कुलपति क्यों

होना था जब सोनल थीसिस जमा कर रही थी!" उन्होंने सिगरेट सुलगाई–"ऐसे तो सिगरेट मना है लेकिन कभी कभी एक दो कश ले लेता हूँ!... तो तुम्हारे पापा, उनकी परेशानियाँ समझ सकता हूँ। बताते रहे हो उनके बारे में। अभी तक बहन अविवाहित है, परेशान हैं उसकी शादी को लेकर। छोटा भाई है तुम्हारा, पिछले तीन चार साल से 'कैट' 'मैट' दे रहा है, लोकसेवा आयोग के टेस्ट दे रहा है और किसी में नहीं आ रहा है–उसकी परेशानी! बाई द वे, मेरी तो सलाह है कि वह फ्रस्ट्रेटेड होकर कुछ कर बैठे इससे पहले किसी मैनेजमेण्ट इंस्टीट्यूट में एडमीशन करा दो। ऐसे नहीं, तो डोनेशन देकर! अरे, कितना लगेगा–डेढ़ लाख? दो लाख और क्या? तुमने बताया था कि तुम्हारी पढ़ाई के लिए लोन भी लेते रहे हैं, रेहन भी रखे हैं खेत–इन सारी परेशानियों से निपटने के लिए कितने की जरूरत होगी उन्हें? उनसे बतिया कर तो देखो। क्या चाहते हैं वे? कितना चाहते हैं? देखो, बारात, धूम धाम, बाजा गाजा–ये सब फालतू की चीजें हैं। कोई जरूरत नहीं इस दिखावे और तमाशे की। शादी के लिए कोर्ट है और दोस्त मित्रों के लिए रिसेप्शन। यह मैं कर ही दूँगा, फिर?...ऐसे एक बात बता दूँ, जिस कम्पनी में और जिस कन्ट्रैक्ट पर अमरीका जाना है, उससे तीन साल में कोई भी इतना कमा लेगा कि अगर उसका बाप चाहे तो गाँव का गाँव खरीद ले। समझे?"

"सवाल यह नहीं है सर, पिता जी लोक लाज, जाँत पाँत में विश्वास करने वाले जरा पुराने खयालों के आदमी हैं!"

सक्सेना गम्भीर हो गए। कुछ देर तक चुप रहे। इसी बीच सोनल साड़ी में आई–खाने पर बुलाने–'देखो संजू! 'ला आफ ग्रेविटेशन' का नियम केवल पेड़ों और फलों पर ही नहीं लागू होता, मनुष्यों और सम्बन्धों पर भी लागू होता है। हर बेटे बेटी के माँ बाप पृथ्वी हैं। बेटा ऊपर जाना चाहता है–और ऊपर, थोड़ा सा और ऊपर, माँ बाप अपने आकर्षण से उसे नीचे खींचते हैं। आकर्षण संस्कार का भी हो सकता है और प्यार का भी, माया मोह का भी! मंशा गिराने की नहीं होती, मगर गिरा देते हैं! अगर मैंने अपने पिता की सुनी होती तो हेतमपुर में पटवारी रह गया होता! तो यह है! मुझे जो कहना था, कह चुका। तुम्हें जो ठीक लगे, करो! हाँ, जाने से पहले सोनल से भी बात कर लेना!

4

जुलाई में शादी हो गई चिरंजीवी संजय और आयुष्मती सोनल की—कोर्ट में।

न बारात, न बाजा गाजा!

प्रीतिभोज के लिए न्यौता आया था रघुनाथ के नाम भी, पर वे नहीं गए!

ऐसी चोट लगी थी रघुनाथ और शीला को जिसे न वे किसी को दिखा सकते थे, न किसी से छिपा सकते थे। ऐसी जगहों पर जाना उन्होंने बन्द कर दिया था जहाँ दो चार लोग बैठे हों। उन्होंने मान लिया था कि दो बेटों में से एक बेटा मर गया। जब माँ बाप की प्रतिष्ठा की चिन्ता नहीं तो मरा ही समझिए!

सितम्बर में वे अमेरिका जाएँ चाहे जहन्नुम—इससे कोई मतलब नहीं।

इसी दिन के लिए उन्होंने पाल पोस कर बड़ा किया था, पढ़ाया लिखाया था, पेट काटे थे, कर्जे लिए थे, खेत रेहन रखे थे और दुनिया भर की तवालतें सही थीं!

इनके लाख मना करने के बावजूद राजू गया था। राजू यानि संजय का भाई धनंजय! लौटा तो हाथ में एक ब्रीफकेस था रघुनाथ के लिए जिसे सक्सेना ने भिजवाया था।

रघुनाथ कालेज की तैयारी कर रहे थे। बेमन से ब्रीफकेस को देखा और कहा—"रख दो!"

"अरे? ऐसे कैसे रख दूँ? अपने सन्दूक में रखिए!"

बाबा आदम के जमाने की सन्दूक जिसमें जाने क्या क्या रखते थे रघुनाथ

और उसकी ताली किसी को नहीं देते थे। बिना कुछ बोले उन्होंने उसकी ओर ताली फेंक दी!

राजू ने ब्रीफकेस सन्दूक में रखा और ताली उन्हें पकड़ाते हुए कहा—"और कुछ नहीं पूछिएगा?

शीला उदास मन दरवाजे पर खड़ी थी, अन्दर चली गई!

"आप लोग तो ऐसा सन्न मारे हुए हैं जैसे गमी हो गई हो!" राजू हँसते हुए माँ के पीछे पीछे अन्दर चला—"बहू ऐसी कि लाखों में एक। माँ, चिन्ता न करो। सब करेगी वो जो संजू बोलता था! हाथ पाँव दबाएगी वो, मूँड़ दबाएगी वो, बरतन माँजेगी वो, झाड़ू लगाएगी वो, खाना पकाएगी वो—जो जो चाहिए, सब करेगी! जरा अमेरिका से लौट तो आने दो। अभी तो हनीमून पर जा रही है दार्जिलिंग, वहाँ से दमदम एयरपोर्ट, फिर वहाँ से अमेरिका। बच गई तुम, अगर आई होती तो मुँहदिखाई देनी पड़ती। यल्लो। तुम्हारे लिए फोटो भिजवाया है रिसेप्शन का!..."

राजू और भी न जाने क्या क्या बोलता रहा, वह सुनती भी रही, नहीं भी सुनती रही!

फोटो जोड़े का वहीं पड़ा था जहाँ वह बैठी थी। एक मन कह रहा था—"देखो।" दूसरा कह रहा था—"छोड़ो, जाने दो!"

सारी साधें धरी रह गई थीं।

रात ढल चुकी थी।

गाँव में सोता पड़ चुका था!

एक दिन पहले जम कर पानी बरसा था! सिवान गुलजार हो गया था। झींगुरों की झनकार से पूरा गाँव झनझना रहा था। बादल उसके बाद भी छाए रहे। दूर आकाश में बिजली भी चमकती रही। उधर कहीं बारिश हुई हो तो हुई हो, इधर नहीं हुई।

रघुनाथ का घर दुआर गाँव के बाहरी हिस्से में था! घर का अगला हिस्सा दुआर, पिछला घर। दुआर का मतलब दालान और बरामदा! इसी बरामदे में सोते थे रघुनाथ और राजू! राजू के सो जाने के बाद चुपके से आधी रात को रघुनाथ अन्दर आए, ढिबरी जलाई और सन्दूक खोल कर ब्रीफकेस निकाला!

जब वे ढिबरी और ब्रीफकेस लेकर शीला के बगल वाली कोठरी में गए

तो याद आया कि राजू ने इसकी चाबी नहीं दी है। उन्होंने धीरे से राजू को जगाया। राजू ने बताया कि वह ताली से नहीं, नम्बर से खुलेगा–इन नम्बरों से! और बड़बड़ाते हुए सो गया!

रघुनाथ ने ब्रीफकेस खोला तो भाव विभोर! बेटे संजय के प्रति सारी नाराजगी जाती रही! रुपयों की इतनी गड्डियाँ एक साथ एक ब्रीफकेस में अपनी आँखों के सामने पहली बार देख रहे थे और यह कोई फिल्म नहीं, वास्तविकता थी।

रघुनाथ की छवि गाँव वालों की नजर में झंगड़ा झंझट से दूर रहने वाले जितने शरीफ आदमी की थी उतनी ही सोंठ आदमी की–एक रुपैया में आठ अठन्नी भुनाने वाले आदमी की। लोग यह भी कहने लग गए थे कि बहुत लोभ न किया होता तो यह दिन उन्हें न देखना पड़ता।

रघुनाथ ने मेज को पास खींचा–पहले सौ सौ के नोटों की गड्डियाँ गिननी शुरू कीं! वे एक एक बंडल की संख्या नोट करते जाते। फिर पाँच पाँच सौ की गड्डियाँ उठाईं और अलग नोट करना शुरू किया। गिनते गिनते आधी रात हो गई और टोटल किया तो चार लाख साठ हजार!

उनका दिल धड़का! चिन्ता हुई। अगर गिनने में गलती भी हुई हो तो इतनी कैसे? वे उठ कर गए और दुबारा सन्दूक में झाँक आए। आते समय रसोई से कटोरी में पानी ले रहे थे तो शीला जाग गई। उन्होंने नए सिरे से उंगली भिंगो भिंगो कर फिर गिनना शुरू किया। अबकी फिर टोटल किया तो वही–चार और साठ!

उन्होंने सिर को हाथों में थाम लिया।

"क्या बात है?" शीला ने पूछा!

"पाँच लाख में कम हैं चालीस हजार!" किसी ने सन्दूक तो नहीं खोला था?

"ताली तो तुम्हारे पास थी, खोलेगा कौन?"

"कोई और तो नहीं आया था घर में?"

"तुम्हीं और राजू आए गए, और तो कोई नहीं।"

थोड़ी देर बाद जाने क्या सोच कर वे उठे और राजू को जगा कर ले आए! राजू आँखें मलते हुए आया!

"ब्रीफकेस किसने दिया था तुम्हें?" संजू ने कि सक्सेना ने?

"क्यों, क्या बात है?"

“बताओ तो! कम हैं पाँच लाख में?”

राजू हँसा—“मंगनी की बछिया के दाँत नहीं गिनते! सन्तोष कीजिए, जितना मिल गया मुफ्त का समझिए!”

वे एकटक राजू को देखते रहे—“तुमने तो कुछ इधर उधर नहीं किया!”

“मैं जानता था यही शक करेंगे आप! स्वभाव से ही शक्की हैं।”

“चुप्प!” शीला ने झिड़का “यही तमीज है बाप से बात करने की!”

“समझ गया। इसी ने चुराया है, बताया नहीं!”

“पहले ही समझ जाना चाहिए था। चोर कभी बताता है कि चोरी उसी ने की है?” राजू बोला।

रघुनाथ ने आश्चर्य से देखा उसकी ओर—“क्या हो गया है इस लौंडे को? इसका भाई कम्प्यूटर इंजीनियर! उसने कभी इस तरह से बातें नहीं की अपने बाप से?”

“बातें नहीं कीं, इसीलिए तो चुपके से शादी कर ली और बाप को खबर तक नहीं दी।”

झनझना उठे क्रोध से रघुनाथ। मन हुआ—उसे घर से निकल जाने को कहें लेकिन जाने क्या सोच कर खुद ही उठे और आँगन में आ गए। कोने में बँसखट पड़ी थी, उसी पर बैठ गए। उन्होंने ईश्वर के लिए सिर उठाया आसमान की तरफ।

आसमान धुला धुला और उजला उजला लग रहा था—जैसे भोर होने को हो!

“देखो माँ! मैं साल डेढ़ साल से कहता रहा हूँ इनसे कि मोटरबाइक ले दो। घराने के सभी लड़कों के पास है, एक मेरे ही पास नहीं है। इनका कहना था कि हाथ पाँव तोड़ना है क्या? सिर फोड़ना है क्या? चोरी चकारी और लफँगई करनी है क्या? डाके डालना है क्या? किसका हाथ पैर टूटा है बोलो तो? तो संजू ने मुझसे पूछा—तुम्हें भी कुछ चाहिए? जब हम वहाँ से आने लगे तब! मैंने कहा—“हाँ, मोटरबाइक! उसने मुझे रुपए थमा दिए। उसने ब्रीफकेस में से दिया या कहाँ से दिया मुझे नहीं पता!”

“सरासर झूठ! यह जानता है कि संजय अब नहीं आने वाला। हम नहीं पूछ पाएँगे उससे।” रघुनाथ को यह झूठ बर्दाश्त न हुआ!

शीला खड़ी खड़ी ढिबरी की मद्धिम रोशनी में सुबक रही थी। वह अपने बेटे के इस रूप से अनजान थी!

''और बताएँ! हमारे बापजान के दो बेटे–संजू और मैं! इन्होंने एक आँख से हमें देखा ही नहीं। सारी मेहनत और सारा पैसा इन्होंने उस पर खर्च किया। पढ़ाया, लिखाया, कम्प्यूटर इंजीनियर बनाया और मेरे लिए? कामर्स पढ़ो। जिसे पढ़ने में न यह मेरी मदद कर सकते थे, न मेरा मन लगता था! किसी तरह बीकाम किया तो कोचिंग करो, ये टेस्ट दो, वह टेस्ट दो! मैं थक गया हूँ टेस्ट देते देते! इनसे कहो, ये रुपए कहीं इधर उधर खर्च न करें, डोनेशन के लिए रखें। बिना डोनेशन के कहीं एडमीशन नहीं होने वाला! साफ साफ बता दे रहा हूँ।''

''अगर डोनेशन के पैसे न दूँ तो?''

''तो कभी मत पूछिएगा कि यह क्या कर रहे हो? क्यों कर रहे हो?''

''क्या करोगे? डाका डालोगे? तस्करी करोगे? गाँजा हेरोइन बेचोगे? कत्ल करोगे?''

''क्या बक बक कर रहे हैं आप? फालतू?'' झल्ला कर शीला बोली–''और तू चुप रह? अनाप शनाप बोल रहा है बाप से।''

राजू ने कमरे से बाहर निकलते हुए पिता को देखा–''बस कह दिया।''

''सुनो सुनो! भागो मत! अपने ही बारे में सोचते हो या कभी अपनी बहन के भी बारे में सोचा? जब होता है तभी जाते हो हजार पाँच सौ मार लाते हो उससे? उसकी शादी के बारे में भी सोचते हो कभी?''

''देख रही हो इनका?'' वह माँ की ओर मुड़ा–''जिससे कहना था, उससे नहीं कहा; कह मुझसे रहे हैं जो अभी पढ़ाई कर रहा है। डोनेशन की बात आई तो दीदी याद आ रही है। पहले तो इनसे कहो कि ये कंजूसी और दरिद्रता छोड़ें अब! हँसी उड़ाते हैं लोग। यह ढिबरी और लालटेन छोड़ें और दूसरों की तरह तार खिंचवा के–कम से कम आँगन और दरवाजे पर लट्टू लगवा लें। रोशनी हो घर में! इसके साथ फोन भी लगवा रहे हैं लोग। घर में फोन होगा तो संजू भी जब चाहेगा, बात कर लेगा। तुम भी सरला दीदी से बातें कर लिया करोगी! दीदी से ही क्यों, भाभी से भी!''

माथा पीटते हुए फिर बैठ गए रघुनाथ–''हाय रे किस्मत। जिनके लिए कंजूसी की, उन्हीं के मुँह से यह सुनना बदा था।''

''और एक बात कह दें तुमसे भी और इनसे भी। फिर ऐसी बेवकूफी न करें जैसी संजू के समय की थी। दीदी से साफ साफ बात कर लें कि वह इनकी तय की हुई शादी करेंगी भी या नहीं। यह तो भाग दौड़ करके

कहीं तय कर आएँ और वह कह दें कि मुझे नहीं करनी। फिर भद पिटे इनकी!''

''यह तुम कैसे कह रहे हो?''

''इसलिए कि मैंने एक आदमी को अक्सर उनके साथ देखा है! कौन है वह, नही जानता!''

''देखा? इसे शरम नहीं अपनी बहन के बारे में इस तरह बात करते हुए?'' रघुनाथ ने दाँत पीसते हुए वहीं से कहा!

5

सरला दुविधा में थी—ब्याह करे या न करे?

पक्का सिर्फ इतना था कि उसे वह शादी नहीं करनी है जो पापा तय करेंगे!

कई लोचे थे उसकी दुविधा में!

अब से कोई सात आठ साल पहले। उसने अपने अन्दर कुछ अजब सा बदलाव महसूस किया था—मन उखड़ा उखड़ा सा रहता था, कुछ खोया खोया सा था, बेबात पर हँसी आती थी, किताब कापी कहीं रखती थी, ढूँढती कहीं थी, हरदम गुनगुनाए जाने को जी चाहता था, बाहर आने पर सहेलियाँ हँसने लगी थीं—देखो, देखो। पैरों की चप्पलें—दो डिजाइनों की! क्लास कहानी का, किताब कविता की हाथ में! यही वे दिन थे जब नगर में आने वाली कोई फिल्म उससे नहीं छूटती थी!

ऐसे ही में जाने कैसे कौशिक सर चुपके से आए और उसके दिल में आ बैठे!

कौशिक सर कविता के अध्यापक। बहुत गम्भीर और चुप्पे और सिद्धांतवादी। पतले, लम्बे, आकर्षक! अधेड़ और तीन बच्चों—बल्कि युवाओं के पिता! अद्‌भुत 'सेन्स आफ ह्यूमर' के मालिक! उन्हें प्यार करने में कोई खतरा नहीं था! न खतरा, न किसी तरह का सन्देह। उसने बहुत समझदारी और विवेक से काम लिया था अपना 'ब्वायफ्रेण्ड' चुनने में। लड़के लड़कियों में 'गासिप' की भी आशंका नहीं।

कौशिक सर कृतज्ञ और अभिभूत! अस्तप्राय जीवन का अंतिम प्यार वह भी सरला जैसी सुन्दर लड़की का! पचास पचपन की उमर में तो कोई

सोच भी नहीं सकता था ऐसे भाग्य के बारे में!

सरला का मन बेचैन, देह बेचैन! महज प्यार भरी बातें और तड़प! और कुछ नहीं। यही तो सहेलियों के साथ भी हो रहा है। कुछ तो अलग हो—कौशिक सर विद्यार्थी थोड़े हैं! ऐसी ही इच्छा कौशिक सर की भी थी लेकिन नगर में ऐसी कोई जगह नहीं, जहाँ कोई उन्हें जानता न हो!

निश्चित हुआ कि कौशिक सर एक दिन टैक्सी से 'अमुक जगह' पहुँचेंगे, वहीं से सरला को 'पिकअप' करेंगे और दो चार घंटे के लिए सारनाथ! फिर वहीं सोचा जाएगा 'एकान्त' और 'निर्जन' के बारे में!

प्यार बन्द और सुरक्षित कमरे की चीज नहीं। खतरों से खेलने का नाम है प्यार। लोगों की भीड़ से बचते बचाते, उन्हें धता बताते, उनकी नजरों को चकमा देते जो किया जाता है—वह है प्यार! शादी से पहले यही चाहती थी सरला। शादी के बाद तो यह विश्वासघात होगा, व्यभिचार होगा, अनैतिक होगा। जो करना है, पहले कर लो। अनुभव कर लो एक बार। मर्द का स्वाद! एक ऐडवेंचर! जस्ट फार फन!

सरला रोमाँचित थी। नर्वस थी और उत्तेजित भी!

जिस दिन जाना था उससे पहले की रात। वह सो नहीं सकी ठीक से। नींद ही नहीं आ रही थी! कई तरह की बातें, कई तरह के खयाल, कई तरह की गुदगुदियाँ! अपने आप लजाती, अपने आप हँसती। उसने सोच लिया था कि अवसर मिलने पर भी इतना आगे नहीं बढ़ने देना है कौशिक सर को कि वे उसे गलत समझ बैठें! यह तो शुरुआत है...

अभी जाने कितनी मुलाकातें बाकी हैं! नहीं, अब कहाँ मुलाकातें? 'फेयरवेल' हो चुका है। दो चार दिन और चल सकते हैं क्लासेज़ उसके बाद तो इम्तहान! फिर कहाँ सम्भव हैं भेंट? कौन सा बहाना रहेगा मिलने का?

कौशिक सर लोकप्रिय आदमी! विश्वविद्यालय के ही नहीं, नगर के भी! जानने वाले बहुत से। तरह तरह के लोग! इस बात का गर्व भी था सरला को कि वह जिसे प्यार करती है, वह कोई सीटी बजाने वाला, लाइन मारने वाला सड़कछाप विद्यार्थी नहीं, विद्वान है!

कौशिक सर ने बड़ी सावधानी बरती थी—छुट्टी का दिन न हो, स्कूल कालेज खुले हों, ताकि छात्र छात्राएँ पढ़ने में और अध्यापक पढ़ाने में व्यस्त हों, पिकनिक या भ्रमण का कार्यक्रम न बनाएँ, सारनाथ का मेला भी न

हो उस रोज!

इसी सावधानी के साथ कौशिक सर सरला के साथ टैक्सी से पहुँचे चौखंडी स्तूप! सारनाथ से पहले! सड़क के किनारे पहाड़ीनुमा ढूह के ऊपर खंडहर जैसा टूटा फूटा स्तूप! खड़े हो जाओ तो पूरा सारनाथ ही नहीं, दूर दूर तक के गाँव गिरावं और बाग बगीचे नजर आएँ! खाली पड़ा था स्तूप! नीचे चौकीदार, सिपाही, माली अपने अपने काम में लगे थे! एकदम निर्जन अकेला खड़ा था स्तूप! 'हिमगिरि के उत्तुंग शिखर' की तरह। कोई दर्शनार्थी नहीं!

मनु ने श्रद्धा को देखा!

श्रद्धा ने मनु को देखा!

दोनों ने टैक्सी सड़क के एक किनारे खड़ी की और चल पड़े। घुमावदार रास्ते से चक्कर काटते हुए! आगे पीछे नहीं, अगल बगल। साथ साथ। हाथ में हाथ लिए! सरला अकेले में कौशिक सर को 'मीतू' बोलती थी। उस दिन वे सचमुच मीतू हो गए थे। सरला–जो हमेशा समीज सलवार और दुपट्टे में रहती थी–वही सरला हरे चौड़े बार्डर की बासन्ती साड़ी में गजब ढा रही थी! बार्डर के रंग का साड़ी से मैच करता बलाउज और माथे पर छोटी सी लाल बिन्दी! हवा उड़ाए ले जा रही थी आँचल को जिसे वह बार बार सम्भाल रही थी!

वे चढ़ाई खत्म करके स्तूप के पास पहुँचे और चारों तरफ नजर दौड़ाई–दोनों के मुँह से एक साथ निकला–"जैसे अछोर, अनंत, असीम हरियाली का समुद्र! और उसमें पीले फूले हुए सरसों के जहाँ तहाँ खेत–ऐसे लग रहे हैं जैसे पाल वाली हिलती डुलती डोंगियाँ!" "और हम?" सरला ने पूछा! कौशिक सर मुसकराए! बोले–"मस्तूल वाले बड़े जहाज के डेक पर!"

स्तूप के इस तरफ छाया थी और उस तरफ कुनकुनी धूप! छाया लम्बी होती हुई वहाँ तक चली गई थी जहाँ माली काम कर रहे थे। वे उस तरफ गए धूप में, जिधर समुद्र था और हिलती डुलती पीली डोंगियाँ।

वे स्तूप से सटी साफ सुथरी जगह पर बैठ गए–चुपचाप! वे चुप थे लेकिन उनके दिल बोल रहे थे–अपने आप से भी, और एक दूसरे से भी! उनके पास तो रह ही क्या गया था कहने सुनने को? साल डेढ़ साल से यही तो हो रहा था–बातें, बातें, सिर्फ बातें। बातों से वे थक भी चुके थे

ओर ऊब भी! सरला बगल में बैठी लगातार कौशिक सर को देखे जा रही थी और वे उसके देखने को देखते हुए दूब नोच रहे थे! फिर सहसा दिलीप कुमार स्टाइल में मुसकरा कर बोले—"ऊँ? क्या कहा?" हँसते हुए सरला ने अपना सिर उनके कंधे पर रख दिया—"बहुत कुछ? सुनो तब तो!"

वे दिल जो अब तक खंडहर के पीछे गुटर गूं कर रहे थे, कुकडू कूं करने लगे थे भरी दुपहरिया में! कौशिक सर ने सरला की पीठ के पीछे से हाथ बढ़ा कर उसकी सुडौल गोलाई मसल दी! सरला के पूरे बदन में एक झुरझुरी हुई और वह शरमाती हुई उनकी गोद में ढह गई!

अबकी कौशिक सर ने जरा जोर से मसला।

चिहुंक कर सीत्कार कर उठी सरला और आँखें बन्द कर लीं—"जंगली कहीं के!"

कौशिक सर ने सिर झुका कर उसकी आँखों को चूम लिया!

"यह क्या हो रहा है चाचा?" अचानक यह कड़कती आवाज और सामने खड़ा ऐतिहासिक धरोहर का पहरेदार या सिपाही खाकी वर्दी में!

दोनों के चेहरे फक्क्। काटो तो खून नहीं। कौशिक सर ने झटपट आँचल के नीचे से हाथ खींचा और सरला उठ बैठी—बदहवास। उनकी समझ में नहीं आया कि यह क्या हो गया, कैसे हो गया? जरा सी भी आहट मिली होती तो यह नौबत न आती!

घबड़ाए हुए कौशिक सर उस पहरेदार को ताकते रहे!

"देख क्या रहे हो, उठो; यह रंडीबाजी का अड्डा नहीं है! आओ!" वह मुड़ गया।

सरला आँचल में मुँह ढाँप कर रो रही थी! कौशिक सर ने किसी तरह उसे खड़ा किया और अपने पीछे आने का इशारा किया।

"अरे उधर नहीं, इधर! थाने पर!"

"थाने पर क्यों, ऐसा क्या किया है हमने?" हिम्मत जुटाई—कौशिक सर ने!

"वहीं पता चलेगा चाचा कि क्या किया है तुमने? कहाँ से फांसा है इस लौंडिया को?"

अब तक 'चाचा' और 'रंडीबाजी'—ये अपमानजनक शब्द थे जो कौशिक सर के कानों में गूंज रहे थे लेकिन अब यह 'थाना'—'थाना' माने बहुत कुछ!

जलालत। हवालात। अखबारों की सुर्खियाँ। युनिवर्सिटी में चर्चे। समाज का कोढ़। नौकरी से सस्पेन्शन। किस मुँह से परिवार में जाएँगे? और यह सरला? इसका क्या होगा? किस मुसीबत में आ फँसे उसके चक्कर में?

सरला सुबकना बन्द करके एक किनारे खड़ी थी और पहरेदार हाते के गेट के पास! थाना ले चलने की मुद्रा में। चौकीदार और माली भी उसके पास आ गए थे और रोक रहे थे–अरे, छोड़ो भई। जाने दो! उमर देखो चाचा की। काहे पानी उतार रहे हो एक बुर्जुग का! कह भी रहे थे और मजा भी ले रहे थे।

कौशिक सर घबड़ाए हुए सरला के पास आए–"परेशान न हो! अभी देखते हैं। सब ठीक हो जाएगा।" सरला गुस्से में। उसकी नजरें पहरेदार और मालियों पर टिकी थीं।

कौशिक सर गेट पर खड़े पहरेदार को अलग ले गए और फुस फुस बातें करने लगे। बीच बीच में वह उखड़ जाता और हाथ छुड़ा कर भागने लगता! कौशिक सर ने उसे सौ सौ के दो नोट पकड़ाए जिन्हें उसने फेंक दिया और मालियों की ओर इशारा करते हुए पाँच उगलियाँ दिखाई–"नहीं चाचा, नहीं होगा इससे। थाने चलिए?"

"बस्स! बहुत हो चुका यह नाटक!" सरला लगभग दौड़ती हुई उन दोनों के पास पहुँची–"कैसे ये रुपए? तुम हमसे बात करो अब?"

उसने अचकचा कर कौशिक सर को देखा–"इनका सुनो चाचा।"

"चाचा होंगे तुम्हारे, मेरे दोस्त हैं, प्रेमी हैं। हमने प्रेम किया, चूमा अपनी मर्जी से। किसी ने किसी के साथ बलात्कार नहीं किया, किसलिए थाने?"

"चलो तो वहीं बताते हैं।" वह चल पड़ा।

आगे खड़ी हो गई सरला रास्ता रोक कर–"कोई नहीं जाएगा थाने वाने! न तुम, न हम। एस.पी. कलक्टर, आई.जी.–जिसे बुलाना हो यहीं बुलाओ! समझ क्या रखा है तुमने?"

वह हक्का बक्का। ताकता रहा कभी कौशिक सर को, कभी सरला को। माली और चौकीदार भी आ गए इस बीच।

"किसने देखा इश्क लड़ाते हुए? यह चौराहा है? बाजार है यह जहाँ रेप हो रहा था? फँसाना चाहते हो रुपयों के लिए? तुम हमें क्या ले जाओगे, हम ले चलेंगे तुम्हें!"

मामले की इस नई पेंच को देखते हुए माली बीच बचाव में आए और

उन्होंने निष्कर्ष दिया कि गलतियाँ इंसान से ही होती हैं इसलिए छोड़िए, हटाइए और अपना अपना काम देखिए!

कौशिक सर जब तक गिरे हुए रुपए उठाते रहे तब तक सरला टैक्सी में बैठ चुकी थी! कौशिक सर उसके बगल में बैठते हुए बोले—"मैं नहीं जानता था कि इतनी बहादुर हो तुम?"

"मैं भी नहीं जानती थी कि इतने डरपोक और कायर हैं आप!"

टैक्सी वापस लौटी। दोनों एक दूसरे से रास्ते भर नहीं बोले।

यह एक डरावना दुःस्वप्न था—जिसने एक लम्बे समय तक पीछा नहीं छोड़ा सरला का।

दुःस्वप्न में पहरेदार का चेहरा ही नहीं था केवल, हथेलियों की छुअन और मसलन भी थी।

6

सरला के इस दुःस्वप्न को और भी बदरंग बना दिया था उसकी पड़ोसिनों ने!

वह जिस बहुमंजिली इमारत के प्रथम तल के किराए के फ्लैट में रहती थी, उसके अगल बगल भी दो दो छोटे कमरों के फ्लैट थे। उनमें उसी के स्कूल की अध्यापिकाएँ रहती थीं—बाईं तरफ मीनू तिवारी और दाईं तरफ बेला पटेल। मीनू स्कूल की वाइस प्रिंसिपल थी और वह उसका अपना फ्लैट था—खरीदा हुआ! उसी ने सरला को अपने बगल में दिलवाया था किराए पर!

मीनू बलकट्टी थी—कंधों तक छोटे छोटे बाल! एकदम लाल मेंहदी से रँगे! उम्र चालीस से ऊपर। स्वभाव से सीरियस और रिजर्व्ड। एक हद तक असामाजिक! किसी के शादी ब्याह में तो नहीं ही जाती थी, आयोजनों में भी शामिल होने से बचती थी। घर से स्कूल स्कूल से घर बस यही आना जाना था। मजबूरी में ही हँसती थी। सहेली भी नहीं थी कोई जिसके साथ उठना बैठना हो! उम्र के बावजूद उसका गोरा सुडौल बदन आकर्षक था।

वह कुमारी थी। अकेली रहती थी। उसके दो पामेरियन कुत्ते थे—एक काला, दूसरा सफेद! बेटे या बेटियाँ कहिए—ये ही थे। इन्हें लेकर वह दिन में दो बार बाहर निकलती थी, टहलाने या नित्य कर्म कराने। पिंजरे में एक तोता भी था जो किसी के घर में घुसने और जाने के समय बोलता था। उसके इस टें टें को वह 'सुस्वागतम' और 'टा टा' बताती थी। उसकी सारी चिन्ताएँ इन्हीं को लेकर थीं। 'क्या बताएँ, आज पम्मी दिन भर से गुमसुम है!' 'आज टूटू की नाक बह रही है।' 'पम्मी का पेट खराब है।' 'दोनों में

बातचीत बन्द है।' 'टूटू पम्मी से किस बात पर नाराज है, बता नहीं रहा है!' 'दोनों मेरे पास सोने के पहले झगड़ा करते हैं, पता नहीं क्यों?' इसी तरह की चिन्ताएँ। कातिक के पहले से ही वह उनके लिए परेशान होना शुरू हो जाती थी और तब तक रहती थी जब तक पिल्ले नहीं हो जाते थे और जब हो जाते थे तो कई रोज सोहर के कैसेट बजाती थी और फिर नई परेशानियाँ...

मीनू के घर बाहर से आने वाले सिर्फ दो मर्द थे—एक उसका भाई। वह मीनू से बड़ा था और वकालत करता था! वकालत चलती थी या नहीं—ठीक ठीक नहीं मालूम! वह हर महीने के पहले सप्ताह में आता था और जब आता था तो देर तक भाई बहन में चख चख होती थी। उसके जाने के दो तीन दिनों बाद तक मीनू का मूड खराब रहता था!

दूसरे थे पशुओं के डाक्टर। वे मीनू की ही उमर के या उससे थोड़े बड़े थे। काफी टिप टाप से रहते थे, बाल डाई करते थे और सफारी सूट पहनते थे! वे गर्मी की छुट्टियों में दोपहर में आते थे जब प्रायः लोग बाहर निकलने से बचते हैं। वे आते और शाम पाँच बजे से पहले चले जाते! जाड़े के मौसम में कभी कभी मीनू के घर रात के भोजन पर आते। जब वे जाने लगते तो मीनू बालकनी पर खड़ी होकर देर तक हाथ हिलाती रहती!

इसी बालकनी के बगल में सरला की बालकनी थी जहाँ कभी कभी खड़ी होकर दोनों पार्क का नजारा लेती थीं। मीनू की इच्छा के अनुसार सरला उसे स्कूल में मैडम कहती थी और घर पर दीदी! दीदी उसे सल्लो बोलती थी!

वे बालकनी में खड़ी होकर जो देख रही थीं, वह हफ्ते भर से देख रही थीं!

हर शाम छः बजे के करीब सोलह सत्रह साल का एक लड़का पार्क में आता था—गुलदाउदी का बड़ा सा खिला हुआ फूल लेकर और बैठ कर उसकी पंखुड़ियों पर कुछ लिखता था और इंतजार करता था बी-ब्लाक की बालकनी में एक लड़की के आने का! वह शायद दक्षिण भारतीय लड़की थी! वह ब्लाउज और स्कर्ट में आकर खड़ी हो जाती—लहरदार बालों में एकदम फ्रेश जैसे नहा कर निकली हो! लड़का घूमता, पीठ उसकी तरफ करता और उछल कर पैर से ऐसी किक मारता कि फूल उसकी बालकनी में गिरता! लड़की लाल पोलीथिन में लिपटा फूल उठाती और अपनी गोलाइयों के बीच ब्लाउज

के अन्दर रख लेती!

घास पर चित्त गिरा लड़का उठता और उसकी ओर 'किस' उछालता!

जवाब में लड़की मुसकराती, लजाती और होठों से चुम्बन लहरा देती!

"सल्लो! बहुत दिन हो गए तुम्हें काफी पिलाए! आओ न!" एक दिन मीनू ने सरला से कहा! यह वह दिन था जब लड़की ने चुम्बन के उत्तर से ही सन्तोष नहीं किया, गुनगुना कर भी जवाब दिया किन्हीं वक्तों के गाने से—'छोटी सी यह दुनिया, पहचाने रास्ते हैं, तुम कभी तो मिलोगे, कहीं तो मिलोगे तो पूछेंगे हाल।'

सरला जब पहुँची तो मीनू किचेन में थी। वह थोड़ी देर बाद काफी के दो मग के साथ ड्राइंग रूम में आई—चुप और संजीदा! गई और एक शीशी भी ले आई ब्रांडी की जिसे डाक्टर छोड़ गए थे उसके लिए। उसने एक चम्मच इसमें और एक चम्मच उसमें ब्रांडी डाली और उसका लाभ बताया। इसी समय टूटू आई और मीनू की गोद में बैठ गई। मीनू उसे देर तक सहलाती और प्यार करती रही—"देखना, एक न एक दिन मार दिया जाएगा यह लड़का! इतना प्यारा लड़का!"

"यह कैसे कह सकती हैं आप?"

मीनू चुप रही फिर सुबकने लगी—"नहीं, सल्लो, यही होता है—यही होगा!"

"यह भी तो हो सकता है कि लड़की किसी दूसरे के घर चली जाय या लड़का किसी और को घर बिठा ले! और यह भी तो हो सकता है कि दोनों शादी कर लें।"

"यह तो और बुरा होगा!"

"क्यों?"

"अपने ही बगल में बेला को देख लो! उसने प्रेम विवाह ही किया था न उस पटेल से? पी.सी.ओ. चलाता था और रहता ऐसे था जैसे लाट साहब का नाती! उस पर पागल हो गई थी बेला! ऐसा भी सुना है कि शादी के लिए जहर खाया था उसने! शादी हुई और देखो—रोज रोज किच किच, गाली गलौज, मार पीट, रोना पीटना। किसी मर्द से कहीं हँस कर बोल बतिया ले तो जीना मुश्किल! स्कूल भी देखे, तीनों बच्चों की जिम्मेदारी भी उठाए और पटेल को भी खुश रखे! देखा होता पाँच सात साल पहले उसे, क्या फिगर थी और क्या निखार था!"

"सिर्फ एक बेला के आधार पर तो यह नतीजा नहीं निकाला जा सकता दीदी!"

''एक बात गाँठ बाँध लो सल्लो, तुम दोनों एक साथ कर ही नहीं सकतीं। यह समाज ही ऐसा है। प्रेम करो या विवाह करो। और जिससे प्रेम करो उससे ब्याह तो हरगिज मत करो! ब्याह की रात से ही वह प्रेमी से मर्द होना शुरू कर देता है। अगर मुझसे पूछो तो मैं हर पत्नी को एक सलाह दे सकती हूँ। वह अपने पति को अपने से बाहर—घर से बाहर—अगर वह पति का प्यार पाना चाहती है तो—घर से बाहर प्रेम करने की छूट दे; उकसाए उसके लिए! क्योंकि वह कहीं और किसी को प्यार करेगा, तो उसके अन्दर का कड़वापन रूखापन भरता रहेगा और इसका लाभ उसकी बीवी को भी मिलेगा! बीवी ही नहीं, बच्चों को भी मिलेगा! समझा?''

''और पत्नी भी ऐसा ही करे तो?''

''तो जीवन भर नर्क भोगने के लिए तैयार रहे! पति तो पति, बच्चे तक माफ नहीं करेंगे इसके लिए!''

सरला कहीं न कहीं इन बातों के आईने में अपने भविष्य का रास्ता ढूँढ़ रही थी, मीनू को नहीं मालूम!

''रुको जरा एक मिनट।'' मीनू उठी, ''मिट्ठू देर से टाँय टाँय कर रहा है। उसके डिनर का समय हो गया है!'' उसने कटोरी से भिंगोए चने, हरी मिर्च, रोटी का टुकड़ा लिए और पिंजड़े में डाल दिए। तोता मारे खुशी के उछलता और शोर मचाता रहा इस बीच। पम्मी और टूटू ने सिर उठा कर एक बार देखा और फिर अपनी अपनी कुर्सी पर सो गए!

''बैठो, जा कहाँ रही हो?'' सरला को खड़ी देख कर मीनू बोली!

''बैठ कर क्या करूँगी, आप बताएँगी तो है नहीं!''

''क्या?''

''यही कि आपने शादी क्यों नहीं की? इस उमर में भी जब आप ऐसी हैं तो पन्द्रह साल पहले? सिर्फ सुनती हूँ लोगों से—तरह तरह की बातें...''

''छोड़ो, जाने दो। कुछ नहीं रह गया है बताने को।'' मीनू सिर झुकाए बुदबुदाई। गले से एक लम्बी साँस निकली, और आँखों के सहारे छत के पंखों पर जा टिकी। वह हल्के से मुसकराई और सूनी आँखों सरला को घूरती रही—''प्यार कोई क्यों करेगा? क्या करेगा? जब तक जाति और धर्म है

तब तक कोई क्या करेगा प्यार? इसी, नासमझी का नतीजा भोगा मैंने। लेकिन अपने को रोकना अपने वश में था क्या? हम छः लड़कियाँ थीं और एक साथ किराए पर कमरे लेकर रहती थीं। एक कमरे में दो दो। वहीं से जाती थी कालेज पैदल! बीच में पड़ता था एक मिशनरी हास्पिटल! उसी के गेट के पास खड़ा रहता था माइकेल कर्मा। लम्बा पतला। ताम्बई रंग। नीग्रो जैसे उभरे कूल्हे और चीते जैसी कमर। टी शर्ट और जीन्स में। ठोढी पर थोड़ी सी दाढ़ी और सिर पर खड़े बाल! नगर में सबसे अलग।''

उसने फिर उसाँस छोड़ी और अपने पैरों की–फर्श की तरफ देखने लगी–चुप! उसकी आँखें भर आईं–"मर्द की देह का भी अपना संगीत होता है। राग होता है! उसके खड़े होने में, मुड़ने में, चलने में, देखने में। बोले–न बोले, सुनो तो सुनाई पड़ता है! उस राग को तुम्हारा मन ही नहीं सुनता, तुम्हारे ओंठ भी सुनते हैं, बाहें भी सुनती हैं, कमर भी, जाँघें भी, नितम्ब भी–यहाँ तक कि छातियाँ भी। 'निपुल्स' कभी कभी ऐसे क्यों अपने आप तन जाते हैं जैसे कान लगा कर सुन रहे हों–बिना उसकी देह को छुए? वह तीन महीने तक वहीं खड़ा रहा मेरे आते जाते समय! और जैसे सुबह सुबह अचानक पत्ते पर ओस की बूँद थरथराती और चमकती दिखाई पड़ती है, वैसे ही मैं थी पत्ते की तरह! कब इतनी ओस गिरी कि मैं भींग कर तरबतर हुई–मुझे पता नहीं! सिर्फ इतना पता है कि मैं तो सिर्फ भींगी थी, माइकेल तो डूब चुका था!''

एक दिन सहसा मैंने खुद को उसकी मोटरबाइक के पीछे बैठा पाया। पूछा–''कहाँ जा रहे हो?'' उसने कहा–''मालूम नहीं!'' मैं बैठी नहीं थी, उड़ रही थी उसके डैनों के सहारे! वह आदिवासी–जंगल का पत्ता पत्ता उसे जानता था, हर पगडंडी उसे पहचानती थी। उसने एक बाजरे के खेत में बाइक खड़ी कर दी–''उतरो, मैं तुम्हें देखना चाहता हूँ।'' मैं कुछ कहूँ, रोकूं टोकूँ इसके पहले ही उसने मेरी साड़ी खोल दी। बोला–''ब्लाउज खोल दो, नहीं तो बटन टूट जाएँगे।'' ब्रा उसी ने खोले–''हठ करके! ''बस हिलो मत!'' दो कदम पीछे हट गया उलटे पाँव और ऊपर से नीचे तक देखा। मैं अपने हाथों से खुद को ढँकने की कोशिश किए जा रही थी लेकिन बेकार! ''कहो तो छू भी लूँ जरा सा।'' हालत ऐसी थी कि कौन कहे और कौन सुने? थोड़ा सा झुक कर उसने अपने ओठों से छातियों की खड़ी घुंडियों को बारी बारी से दबाया, चूमा और सहलाया जीभ से और कहा–''चलो,

पहनो अब?''

''अब कहाँ?'' उसने उत्तर दिया—''विंढम फाल! कोई नहीं होगा इस वक्त! वहीं नहाएँगे!''

''कपड़े कहाँ लाए हैं?''

''नहाने के लिए कपड़ों की क्या जरूरत?''

मीनू बोलती भी रही, लजाती भी रही। कभी चेहरा लाल होता, कभी स्याह पड़ता। कभी आँखें झुकतीं, कभी खुलतीं, कभी बन्द होतीं! वह आगे बताने से पहले हिचकिचाई थोड़ी—''बाइक कहाँ छोड़ी, झरने के मुहाने पर कैसे पहुँचे—एक रहस्यलोक था मेरे लिए और वहाँ एक दिन एक रात रुक कर क्या क्या किया, क्या क्या हुआ यह न पूछो। वह सब जैसे पिछले जन्म की बातें हों। माइकेल के साथ ही हम आदिवासी नहीं, आदिमानव हो गए थे। आदमजात नंगधड़ंग। जंगलों में, नदियों के किनारे। पेड़ों के गिर्द गिलहरियों की तरह दौड़ते भागते रहे। खरगोशों की तरह उछलते कूदते रहे। झरने में मछलियों की तरह तैरते नाचते रहे। धारा के बीच पत्थरों पर मगर घड़ियाल के बच्चों की तरह धूप सेंकते रहे! क्या क्या नहीं किया हमने? कहते हुए शर्म आ रही है मुझे कि दूसरे दिन दोपहर से पहले ही, उसी के शब्दों में कहूँ तो, मेरा सोता रिसने लगा लेकिन उस हालत में भी नहीं छोड़ा उसने। इसे ऐसे समझो कि जब मैंने ही नहीं छोड़ा तो माइकेल क्यों छोड़ता?... तो वह एक दिन एक रात! बस वही मेरी जिन्दगी है।''

सरला सिर झुकाए सुनती रही। मीनू के चुप हो जाने के बाद पूछा—''फिर?''

''फिर'' क्या? गए तो दो बार और, लेकिन पिकनिक के सीजन में—भीड़भाड़ में और वही गलती हुई। जाने कैसे खबर लग गई पिता जी को। एक दिन वे आए और कहा—'अब बहुत कर लिया बीएड., घर चलो!' रो-धोकर किसी तरह इम्तहान दिया और यही भाई था मेरा बाडीगार्ड, जो हर महीने रंगदारी टैक्स ले जाता है!''

''लेकिन शादी क्यों नहीं की उससे?''

''शादी जब पिता जी ने करनी चाही, तो मैंने नहीं की और जब मैंने करनी चाही तो काफी देर हो चुकी थी! और यह भाई! अगर कर लेती तो इसके आय के स्रोत का क्या होता? नहीं होने दी इसने किसी न किसी बहाने।''

"नहीं, मैं यह पूछ रही हूँ कि माइकेल से क्यों नहीं की?"

"माइकेल!" वह उदास हो गई, "सोचा था कि अपने पैरों पर खड़ा होने के बाद करूँगी। और खड़ी भी हो गई पैरों पर! उसकी मानसिक हालत मुझसे भी बुरी थी और जल्दी मचा रहा था। हमने योजना बना ली, तारीख तय कर दी—पहले मंदिर, फिर चर्च, कि सुना—विंढम में उसने काफी ऊपर से छलाँग लगा ली! लोग छलाँग लगाते हैं स्विमिंग पूल में, नदी में, तालाब में—नुकीले चुखीले पत्थरों से पटे झरने में छलाँग लगाते कभी किसी को नहीं सुना! वह इतना मूर्ख भी नहीं था। यह रहस्य छोड़ गया वह जाते जाते कि वह छलाँग ही थी या कुछ और?"

"मान लीजिए अगर वह जीवित रहता और उससे शादी कर लेतीं तो?"

"तो?"

"तो संतुष्ट रहतीं, सुखी रहतीं?"

"देखो सल्लो, सवाल तो बेवकूफाना है। यह कौन बता सकता है कि ऐसा होता तो कैसा होता? जो हुआ ही नहीं, उसके बारे में क्या कहना? हाँ, यही सवाल पहले कभी किया होता तो उत्तर शायद दूसरा होता। समय के साथ सोच भी बदलती जाती है। आज मैं यही कह सकती हूँ कि प्यार को प्यार ही रहने दो। उसे ब्याह तक न ले जाओ या ब्याह का विकल्प मत बनाओ। अपने ही बगल में बेला पटेल से पूछो। उसने जिसे प्यार किया उसी से शादी की। अब पाँच साल बाद फिर प्यार के लिए क्यों बेचैन है?"

"सुनो, प्यार एक खोज है सल्लो। जीवन-भर की खोज। कभी खतम, कभी शुरू। खोज किसी और की नहीं, खुद की! हम स्वयं को दूसरे में ढूँढ़ते हैं, एक बिछड़ जाता है या छूट जाता है तो लगता है जिन्दगी खत्म। जीने का कोई अर्थ नहीं रह जाता! आँखों के आगे शून्य और अँधेरा! हर चीज बेमानी हो जाती है। लेकिन कुछ समय बाद कोई दूसरा मिल जाता है और नए सिर से अँखुआ फूट निकलता है! फिर लहलह, फिर महमह! यह दूसरी बात है कि दूसरा भी स्वयं को ढूँढ़ते हुए टकराता है! सच कहो तो प्यार की खूबसूरती हर बार उसके अधूरेपन में ही है! उसकी यानी प्यार की उम्र जितनी ही छोटी हो उतनी ही चमक और कौंध! अगर लम्बी हुई तो सड़ाँध आने लगती है! यह जरूर है कि इसे छोटी या लम्बी करना हमारे वश में नहीं होता।"

सरला का दिमाग चकराने लगा। बहुत देर से बैठे बैठे या सुनते सुनते

जबकि शुरू इसी ने किया था। मीनू ने भाँपा और पूछा—"क्या बात है? क्या सोच रही हो?"

सरला दयनीय हँसी के साथ बोली—"कुछ नहीं! आपने बढ़ा दी मेरी उलझन!"

7

जिस दिन मैनेजर कालेज आए उस दिन रघुनाथ गाजीपुर गए थे—सरला के लिए लड़का देखने!

बीसेक रोज बाद फिर मैनेजर कालेज आए, अबकी फिर रघुनाथ बाहर। आजमगढ़ गए थे लड़का देखने।

यह पाँचवाँ या छठा साल था! शादी हाथ में आते आते फिसल जाती थी! छः साल हो रहे थे लड़का ढूँढ़ते ढूँढ़ते! जैसे जैसे सरला की उमर बढ़ती जा रही थी, वैसे वैसे उनकी परेशानी बेचैनी और दौड़ धूप भी बढ़ती जा रही थी! शुरू किया था आई.ए.एस. और पी.सी.एस. से लेकिन उनके रेट इतने हाई कि जल्दी ही ठंढे पड़ गए! पच्चीस लाख से लेकर एक करोड़ तक—यह रकम उन्होंने सपने में भी नहीं देखी थी। भरोसा था तो अपनी बेटी के रूप गुण और योग्यता का जिसे न कोई पूछ रहा था, न देख रहा था!

इसी दौड़ धूप में उन्हें तो सिर्फ छः साल लगे थे लेकिन बेटी तीस से ऊपर चली गई थी! नौबत यहाँ तक आ पहुँची थी कि अब जो लड़के मिल रहे थे, उनकी उमर बेटी से कम।

बेटी उस इलाके की पहली एम.ए.बी.एड.। सर्विस में आ गई थी और जब से आई थी आत्मविश्वास से भरपूर थी! पापा मम्मी की परेशानी देख कर कभी कभी माँ से मजाक में कहती—"पापा मेरे लिए लड़का ऐसे ढूँढ़ रहे हैं जैसे कोई गाय के लिए साँड़ ढूँढ़ता है।" एक बार तो उसने माँ बाप को मुँह लटकाए देख कर सीधे रघुनाथ से ही कहा—"आप तो बाजार के नियम के विरुद्ध काम कर रहे हैं। जब कोई अपनी जिन्स बेचता है तो बदले में खरीदार से उसकी कीमत वसूलता है। और आप हैं कि अपनी

जिन्स भी बेच रहे हैं और उसकी कीमत भी अदा कर रहे हैं।" जब रघुनाथ ने उसे डाँटा तो उसने कहा–"पापा, आप खामखाह परेशान हैं, मुझे शादी ही नहीं करनी।"

हर लड़की ऐसा ही बोलती है–कभी माँ बाप की चिन्ता देख कर, कभी शालीनता और संकोच में, कभी खिझलाहट में, कभी विवाह में देर होते देख कर–इससे रघुनाथ की परेशानी कम होने के बजाए बढ़ ही जाती थी!

ऐसे ही वक्त पर मैनेजर का प्रस्ताव आया था अपनी बेटी के लिए! जब वे निराश हो चले थे आजमगढ़ वाली शादी को लेकर! लड़का सेल्स टैक्स अफसर लेकिन खर्च लगभग दस ग्यारह लाख! उनके अपने इस्टीमेट से दुगुना। लेकिन मैनेजर की भलमनसाहत और बड़प्पन–कि मेरे रहते चिन्ता किस बात की? अपने बड़े बेटे के बरच्छा के नाम पर मुझसे दस लाख लेकर पहले बेटी की शादी कर लो, बेटे की बाद में कर लेना। ऐसे भी यह अच्छा नहीं लगता कि जवान बेटी घर में हो और बेटा शादी कर ले!

इसे कहते हैं बड़प्पन और इसी को कहते हैं भाग्य! कहाँ मैनेजर और कहाँ उन्हीं के कालेज के मास्टर रघुनाथ!

पूरे जनपद में फैल गई थी यह खबर और हर आदमी इस मुहूर्त का इंतजार कर रहा था–कि संजय ने सारा कुछ मटियामेट कर दिया!

अब रघुनाथ कौन सा मुँह लेकर जाएँ मैनेजर के पास?

उसी बेटे ने–जिस बेटे पर उन्हें भरोसा और गुमान था–उसी बेटे ने उनकी जुबान काट कर उस सक्सेना को दे दी जिससे उनकी न जान थी, न पहचान थी!

किसी तरह से साहस जुटा कर रघुनाथ गए मैनेजर के घर।

बँगले के सामने बने अपने नए कॉटेज में बिस्तर पर अधलेटे मैनेजर किसी से फोन पर बातें कर रहे थे! उन्होंने रघुनाथ की ओर कोई ध्यान नहीं दिया! मैनेजर आधे घंटे तक कभी इससे कभी उससे बातें करते रहे फिर नहाने चले गए!

नहा धो और पूजा पाठ करके दो घंटे बाद आए तो रघुनाथ को बैठे हुए देखा।

"आए कैसे?"

"अपने स्कूटर से!"

“क्यों? कार कहाँ गई?”

“कार कहाँ है?”

“क्यों? उसे अमेरिका ले गया क्या बेटा?” हँसते हुए मैनेजर सोफा पर बैठ गए और टाँगें मेज पर फैला दीं—“मास्टर, शादी तुम्हारे बेटे ने की, बधाइयाँ मुझे मिल रही हैं। सभी बोल रहे हैं कि कितना अच्छा हुआ कि घटिया आदमी का समधी होने से आप बाल बाल बचे।”

रघुनाथ गुनहगार की तरह सिर झुकाए चुपचाप सुनते रहे।

“मास्टर, जो भी होता है, अच्छा होता है! शुरू से ही मेरे मन में हिचक थी! जो भी सुनता था, अचरज करता था और आपके भाग्य को सराहता था! कहते थे लोग कि क्या देख कर शादी की सोची है आपने? कोई तो मेल हो? कहीं तो मेल हो? सभी रिश्तेदार, दोस्त मित्र नाखुश! मैंने कहा—नहीं, संकट में है रघुनाथ! चाहे जैसा हो, है तो मेरे ही कालेज का? ऐसे वक्त पर मैं मदद नहीं करूँगा तो कौन करेगा? तो मैंने वह करना चाहा जो मेरे जमीर ने कहा। लेकिन तुम्हारी किस्मत ही खोटी थी तो मैं क्या करता?” वे रुक कर बाहर देखने लगे!

बाहर दरवाजे के सामने ही बोलेरो खड़ी थी और घुर्र घुर्र कर रही थी! शायद कहीं जाना था मैनेजर को! उन्होंने ड्राइवर को डाँट कर गाड़ी चुप कराई।

बँगले और कॉटेज के बीच टिन का लम्बा शेड था जिसके नीचे कार, ट्रैक्टर, ट्राली और मोटरबाइक साइकिलें खड़ी थीं। बोलेरो वहीं से लाई गई थी।

“रघुनाथ, गलती तुम्हारे बेटे ने की लेकिन मुझे क्रोध उस पर नहीं, तुम पर है! इसलिए कि तुमने मुझसे छिपाया। तुम जानते हो मैं कभी किसी का अहित नहीं करता! जहाँ तक बन पड़ता है मदद ही करता हूँ। बराबर ध्यान रखता हूँ कि अपनों को कोई तकलीफ न हो। लेकिन तुमने छिपाया और उसी का दुःख है और क्रोध भी है! तुम्हें बता देना चाहिए था कि तुम्हारा बेटा तुम्हारे कहने में नहीं है। यही नहीं, यह भी कह देने में कोई हर्ज नहीं था कि वह चरित्रहीन और भ्रष्ट है! यह घर की बात थी, मुझे बताने में किस बात का डर और संकोच? मैं तुम्हें खा तो नहीं जाता?”

रघुनाथ नीचे देखते हुए चुप रहे। उनमें यह साहस नहीं था कि कह दें—ये दोनों इल्जाम सरासर गलत हैं! लेकिन यह कहने पर अनर्थ हो जाता।

मैनेजर का क्रोध क्या रूप लेता, कहना कठिन था! उन्होंने जलील होने में ही अपनी भलाई समझी और मैनेजर उसी रौ में सुनाते रहे।

"अभी तुम्हारी समझ में नहीं आ रहा है कि तुम्हारे बेटे ने तुम्हारे साथ क्या किया है? अपनी नासमझी में तुम्हें कितनी मुसीबत में डाल दिया है? तुम्हारी बेटी अभी कुँवारी है। ईश्वर न करे कि कुँवारी ही रह जाय! ऐसा अकारण नहीं कह रहा हूँ! तुम्हें तब पता चलेगा जब बेटी के लिए वर देखने निकलोगे! जहाँ जाओगे, और बातों से पहले लोग यही पूछेंगे कि आपके रिश्ते कहाँ कहाँ हैं? बताना तो पड़ेगा ही कि बेटे ने कायथ लड़की से शादी की है, समधी लाला है! बताओगे या छिपा जाओगे? ऐसी बातें छिपती तो हैं नहीं! तुम छिपाओगे तो वे दूसरे से पता कर लेंगे! जानते ही हो, जो भी रिश्ता करता है, ठोंक बजा के करता है!"

रघुनाथ उठ खड़े हुए और हाथ जोड़ दिए—"ठीक है, चलता हूँ।"

"अरे बैठो। ऐसी क्या जल्दी?"

"नहीं, जरूरी काम है, अब देर हो रही है!"

"अच्छा, जाओ।" मैनेजर भी साथ में उठ खड़े हुए—"अच्छा यह बताओ, तुम्हारा रिटायरमेण्ट कब है?"

रघुनाथ चौंके और उन्हें देखने लगे!

"इसलिए पूछा कि प्रिंसिपल साहब ने बताया—तुम्हारा मन नहीं लग रहा है पढ़ाने में। अक्सर क्लास छोड़ रहे हो और बाहर ही रहते हो!"

"ऐसा तो नहीं है! जरूरत पड़ने पर एक्स्ट्रा क्लासेज लेता हूँ और कोर्स पूरा करता हूँ! रिजल्ट कभी खराब नहीं आता मेरे लड़कों का!"

"ठीक है! मगर मैं दो बार गया इस बीच और दोनों बार पाया गैरहाजिर! खैर, यह आप और प्रिंसिपल साहब के बीच की बातें हैं, हमसे क्या मतलब?" कहते हुए मैनेजर बोलेरो में बैठ गए!

रघुनाथ कुछ कहना चाहते थे लेकिन चुप रहे!

गाड़ी के स्टार्ट होने के पहले मैनेजर ने नौकर को आवाज दी—"भोलू! मास्टर साहब खाना चाहें तो खिला देना, हमें देर हो सकती है!"

रघुनाथ लौट पड़े। उन्हें बार बार लग रहा था कि आकर उन्होंने गलती की—कि नहीं आना चाहिए था!

8

सरला घर आई—छुट्टी के दिन। रविवार को।

पहले वह अक्सर आती थी। शनिवार की शाम को आती थी, रविवार को रहती थी और सोमवार को तड़के चली जाती थी! मिर्जापुर से घर की दूरी है ही कितनी? बीच में बनारस में एक बस बदलनी पड़ती थी—बस! लेकिन साल दो साल से आना उसने एकदम से कम कर दिया था! इसलिए कि सरला को लगता था कि उसके आने पर माँ बाप खुश होने के बजाय चिन्तित और परेशान हो उठते हैं, जैसे बेटी नहीं, समस्या आ गई हो; जैसे कह रही हो—लो, देख लो! बुढ़िया तो हो गई, अब भी नहीं तो कब करोगे शादी?

रघुनाथ गाजीपुर आजमगढ़ होते हुए सुबह ही लौटे थे!

वे अपनी ओर से मन बना कर आए थे—दोनों में से एक; जिसे शीला और सरला 'हाँ' कर दें। वे दोनों के बारे में शीला से बात कर चुके थे। खर्च के मामले में दोनों महज बीस उन्नीस की शादियाँ थीं! आठ से दस लाख के बीच। वे साल भर से लगे हुए थे इनके पीछे और अब 'फाइनल' करने का समय आ गया था।

आजमगढ़ का लड़का 'सेल्स टैक्स अफसर'। फिलहाल इलाहाबाद में कार्यरत। खानदानी कुलीन स्वतंत्रता सेनानी वीर कुँवर सिंह का रिश्तेदार। पिता काशी ग्रामीण बैंक में खजाँची। 'ईमानदारी' और 'मददगार' की छवि बनाए रखने के साथ पाँच साल के अन्दर आजमगढ़ शहर में दुमंजिली कोठी! लड़के के दो छोटे भाई और दो छोटी बहनें। माँ जीवित। लड़का कुछ नहीं तो कम से कम एडीशनल कमिश्नर होकर रिटायर करेगा। उसने अनौपचारिक

रूप से लड़की देख ली थी और पसन्द की थी।

लड़के की तरफ से मामला फँसा हुआ था लड़की की नौकरी को लेकर–कि दोनों में से नौकरी कोई एक ही करेगा। लड़की अगर नौकरी करना भी चाहे तो तब करे जब बच्चे स्कूल जाने लायक हो जाएँ! यह शर्त ऐसी थी जिसे सरला मानेगी–इसमें सन्देह था रघुनाथ को।

कुछ बातों को लेकर शीला भी असमंजस में थी–लड़का सबसे बड़ा बेटा। दो देवर होंगे और दो ननदें। देवरों को पढ़ाने की जिम्मेदारी भी उठानी पड़ सकती है भाभी को! ननदें स्वभाव से ही किचकिची होती हैं–जलने वाली और एक न एक बखेड़ा खड़ी करने वाली! झंझटिया! बड़ी होने के कारण उनके शादी ब्याह में कुछ न कुछ करना ही पड़ेगा! सास भी अभी मरी नहीं है–झगड़ालू और हर बात में मीन मेख निकालने वाली हुई तो भारी मुसीबत! हो सकता है, बुढ़ौती बड़ी पतोह के साथ काटने की सोचे! सरला अलग नौकरी करती रहे तब भी ये झंझटें कम नहीं होने वाली। उसने तय किया था कि बेटी से समझ बूझ कर ही फैसला करना ठीक होगा!

दूसरी शादी गाजीपुर की। इससे उलट। लड़का इलाहाबाद में पाँच साल से कोचिंग करते हुए लोक सेवा आयोग की परीक्षाएँ दे रहा था! आई.ए. एस. की भी और पी.सी.एस. की भी! पिछली बार इंटरव्यू तक जाकर छंटा था! गोरा, लम्बा, खूबसूरत। देर सबेर कहीं न कहीं चयन निश्चित था। रघुनाथ दुबारा वह गलती नहीं दुहराना चाहते थे जो एक बार कर चुके थे। दो साल पहले! जब लड़का कम्पटीशन दे रहा था तो शादी मुफ्त थी, बेरोजगार समझ कर नहीं की इन्होंने लेकिन जब तीन महीने बाद ही 'सेलेक्ट' हो गया तो कीमत पचास लाख! हाथ से निकल गई शादी।... तो इसे कुछ न कुछ बनना ही है देर सबेर! पिता जीवन बीमा निगम में उपप्रबंधक! बेटा इकलौता–न भाई, न बहन! पिता के एक बड़े भाई–वह भी नावल्द! उनकी भी सम्पत्ति इसी को मिलनी है!

शीला का झुकाव इसी शादी की ओर था! इससे भी छोटा परिवार क्या मिल सकता है किसी को? न ननद की झंझट है, न देवर की। जहाँ चाहो, वहाँ रहो। जैसे चाहो, वैसे रहो! जो चाहो, वह करो। न कोई देखने वाला, न रोकने वाला। नर्सिंग होम और अस्पताल की जरूरत हुई तो सास हाजिर! बुढ़ऊ को छोड़ कर सास न जा पाए, तो माँ है ही! जितनी ससुराल, उतना ही मायका–दोनों तुम्हारे।

रघुनाथ का नजरिया कुछ और था! उन्हें आजमगढ़ वाले की पक्की नौकरी और भरा पूरा परिवार ज्यादा आकृष्ट कर रहा था! लेकिन उन्होंने निर्णय सरला पर छोड़ रखा था!

सरला ने पिता को देखा—इन्हीं चन्द दिनों में कितने बदल गए पिता? गंजे हो गए हैं। सिर से बाल उड़ गए हैं—कनपटियों को छोड़ कर। सामने के दो दाँत जाने कब उखड़ गए! ठोकर बैठ गया है! थोड़ा और झुक गए हैं और बूढ़े की तरह चलने लगे हैं।

पिता ने भी बेटी को देखा—वह भी बदली बदली सी लग रही थी जाने क्यों? अबकी उन्हें वह कोई लड़की नहीं, युवती दिखाई पड़ी। उसे समीज सलवार में देखने की आदत पड़ गई थी उन्हें—शायद! लेकिन उसका जो चेहरा इतना उदास और सूखा रहता था, वह इतना हरा भरा और प्रसन्न क्यों? यही नहीं, दुबले पतले शरीर में भी भराव और आकर्षण आ गया था। ऊबड़ खाबड़ समतल सीने पर गोलाइयाँ उभार के साथ पुष्ट नजर आ रही थीं! रघुनाथ का अनुभव बता रहा था कि ऐसा किसी मर्द के संसर्ग और हथेलियों के स्पर्श के बगैर सम्भव नहीं लेकिन मन कह रहा था कि ऐसा खाने पीने की सुविधाओं और निश्चिन्तताओं के कारण है! उन्होंने साड़ी ब्लाउज में खड़ी अपनी बेटी को आजमगढ़ वाले की नजर से देखने की कोशिश की।

सरला उन दोनों शादियों के बारे में गम्भीरता से सुनती रही! देर तक।

"हाँ, बोलो, इनमें से कौन पसन्द है तुम्हें?" रघुनाथ ने अन्त में पूछा।

"कोई नहीं! उनसे कहिए वे जहाँ चाहे, वहाँ करें मुझे नहीं करनी!"

"क्या?" रघुनाथ अवाक्! उनकी आँखें फटी रह गईं। वे एकटक देखते रहे—"सात सालों से यही सुनने के लिए दौड़ता रहा?"

रघुनाथ निखहरी खटिया पर बैठे थे और शीला सरला बगल में पड़ी प्लास्टिक की कुर्सियों पर। संध्या की छाया आँगन में उतर आई थी। सरला माँ बाप की सबसे प्यारी दुलारी बेटी थी और मुँहलगी भी! रघुनाथ ने बेटों से दूरी बनाए रखी थी, लेकिन बेटी से नहीं! जो बातें किसी से नहीं कर पाते थे, वे भी बेटी से कर लेते थे। बेटी बाप का लिहाज तो करती थी लेकिन कुछ कहने सुनने में संकोच नहीं करती थीं!

"मैंने तो कभी नहीं कहा कि आप दौड़ें! फालतू में दौड़ा करें तो इसके लिए मैं क्या करूँ? पूछिए माँ से, कई बार कहा है कि मुझे नहीं करनी शादी!"

"नहीं करनी है तो क्या अकेले रहना है—इसी तरह?"

"मैंने यह कब कहा है? मैंने सिर्फ यह कहा है कि मुझे ऐसी शादी नहीं करनी है जिसमें लेन देन और मोल भाव होता हो?"

"कौन सी शादी है जिसमें यह सब नहीं होता? क्या संजय में नहीं हुआ?"

"उसकी बात छोड़िए, वह तो शादी नहीं, सौदा था!"

"तुम कहना क्या चाहती हो आखिर?" रघुनाथ ने आँखें तरेर कर उससे पूछा और चुप देख कर खटिया पर पसर गए ! थोड़ी देर शांत रह कर उन्होंने कहा—"शीला, समझाओ इस लड़की को! शहर में रह कर इसका दिमाग खराब हो गया है!"

शीला सिर झुकाए शुरू से ही लोर बहा रही थी। अपना नाम सुनने के बाद तो हिचकियाँ लेने लगी—"तुम्हीं ने सिर चढ़ाया है, तुम्हीं भुगतो! जब इसने बी.ए. किया था तभी मैंने कहा था कि कर दो इसकी शादी! तो नहीं, अभी पढ़ेगी। एम.ए. किया तो फिर कहा कि बहुत हो गया, अब कर दो! तो नहीं, अपने पैरों पर खड़ी होगी हमारी बेटी! नौकरी करेगी। अब देखो इसका रंग ढंग? मैंने कहा था तुमसे कि दुनिया का चक्कर लगाने से पहले पूछ लो अपनी लाडली से एक बार। नहीं पूछा, अब भोगो!"

"पापा, नाराज न हों तो मैं कुछ कहूँ।" सरला सहज थी। परेशान माँ बाप थे, सरला नहीं—"आप और माँ मेरी आँखें हैं जिनसे मैंने दुनिया देखनी शुरू की थी। उन्हीं से मैंने देखा कि मर्द एक बैल है जिसे मुश्तकिल खूँटा चाहिए—अपने विश्राम के लिए! वह खूँटा आपके लिए माँ थी और सच सच बोलिए, क्या माँ आपके लिए विवशता नहीं थी?"

"बन्द करो यह बकवास?"

"पापा, मैंने आपकी वह जिन्दगी तो देखी ही है जो सबने देखी है लेकिन मैंने थोड़ी बहुत वह जिन्दगी भी देखी है जिसे कम लोगों ने देखा है। कम-से-कम मम्मी ने तो नहीं ही देखा है। उन्हें क्या पता कि कितने खुशमिजाज और मज़ाकिया इंसान की पत्नी हैं वे। मैं भी कहाँ समझ पाई थी, आप को घर में? यही समझती थी कि मेरा बाप डाँटने-डपटने-गुर्राने और हाय-हाय करने के सिवा कुछ नहीं जानता। यह तो बाहर देख कर ही जाना कि वह लजाता भी है, मुसकराता भी है, हँसी-ठिठोली भी करता है और आँखों-आँखों में बतियाता भी है।...आज इतने दिनों बाद मैं समझ सकी हूँ कि जब मैं हाईस्कूल में थी तो मिसेज रेखा मैडम क्यों मुझे इतना

प्यार करती थीं और आपके लिए चिन्तित रहती थीं।" यह अंतिम वाक्य अंग्रेजी में और धीमे से बोली थी सरला जिसे शीला ने तो नहीं समझा या सुना लेकिन रघुनाथ गुस्से में उठ बैठे—"बकवास बन्द करो, साफ साफ बताओ तुम्हें शादी करनी है या नहीं?"

"जब करनी होगी तो कर लूँगी, आप क्यों परेशान है?"

"इसलिए कि हम जिन्दा हैं, मर नहीं गए !"

"आप नहीं कर पाएँगे पापा! हम जानते हैं आपको, इसलिए छोड़िए!"

"जब संजय को बर्दाश्त कर लिया तो तुम्हें भी कर लेंगे, बोलो तो!"

सरला थोड़ी देर चुप रही और रघुनाथ को देखती रही—"किसी सुदेश भारती की याद है आपको?"

"एक तो वही है तुम्हारे मिर्जापुर का एस.डी.एम.!"

"कोई दूसरा भी है?"

रघुनाथ ने दिमाग पर जोर डाल कर कहा—"एक कोई भारती भारती करके था जो तुम्हारे साथ एम.ए. में पढ़ता था।"

"और उसकी तारीफ करते थे आप! वही आपको लेकर बाजार जाता था!"

"हाँ, अच्छा लड़का था। मगर चमार था!"

"मिर्जापुर वाला वही भारती है! जिसे आप अच्छा कहते थे।"

"तो?" रघुनाथ विस्मय से उसे घूरते रहे!

"तो क्या? उसके साथ मेरी शादी करेंगे आप?"

रघुनाथ खटिया पर फिर पसरें, इसके पहले ही शीला फफक कर रोने लगी! रघुनाथ ने आकाश की ओर दोनों हाथ उठाए—"हे भगवान! यह क्या कर रहे हो मेरे साथ! लाला तक गनीमत थी लेकिन अब? मैं क्या करूँ? किसे मुँह दिखाऊँ?... वे पागल की तरह अनाप शनाप बक झक करने लगे!

"इससे तो अच्छा है कि कुँवारी ही रह!" शीला ने रोते हुए कहा!

"माँ, ये तो सात साल से लोगों के दरवज्जे दरवज्जे घिघियाते फिर रहे हैं और इतने ही सालों से वह मेरी आरजू मिन्नत कर रहा है—पूरे सम्मान और इज्जत के साथ! कोटे में ही सही, लेकिन पी.सी.एस. है। देखने सुनने में भी किसी से कम नहीं। मेरी नौकरी से भी उसे एतराज नहीं! कभी कोई बदतमीजी भी नहीं की मेरे साथ! कोई ऐसा वैसा ऐब भी नहीं उसमें! मैंने अब तक 'हाँ' नहीं की है लेकिन सोच लिया है कि करूँगी तो उसी के साथ!"

"उसके बाद लौट कर कभी पहाड़पुर मत आना! अपना थोबड़ा मत दिखाना। यह याद रखो!" रघुनाथ खड़े हो गए–"अब जाओ यहाँ से! कोई जरूरत नहीं तुम्हारी! मर गए माँ बाप!"

"रात हो रही है। इस वक्त कहाँ जाएगी?" शीला बोली!

"चाहे जहाँ जाओ, जाओ!"

सरला मुसकराती बैठी रही–"अभी कहाँ की है? अभी तो रह सकती हूँ।"

9

सरला चली तो गई, लेकिन रघुनाथ का सुकून और चैन लिए गई।

रघुनाथ कई रातों तक सो नहीं सके! उन्हें नींद ही नहीं आ रही थी! जाने किन जन्मों का पाप था जो इस जन्म में भोग रहे थे। बच्चों को ऐसे संस्कार कहाँ से मिले—यह उनकी समझ से बाहर था। संजय को कोई नहीं मिली—न ठाकुर, न बामन, न भूमिहार; मिली तो लाला की लड़की! फिर भी वे इस लायक थे कि मुँह दिखा सकें! लेकिन यह सरला? वे किसे मुँह दिखाएँगे! कहाँ मुँह दिखाएँगे?

लड़की के अपने तर्क थे जिन्हें वह जाते जाते सुना गई थी! जो भी गलत काम करता है, उसके पक्ष में तर्क गढ़ लेता है! उसने भी गढ़े थे—आप दूसरों की शर्तों पर शादी कर रहे थे, यहाँ मैं करूँगी लेकिन अपनी शर्तों पर; आप मेरी 'स्वाधीनता' दूसरे के हाथ बेच रहे थे, यहाँ मेरी 'स्वाधीनता' सुरक्षित है; आप 'अतीत' और 'वर्तमान' से आगे नहीं देख रहे थे, हाँ मैं 'भविष्य' देख रही हूँ जहाँ 'स्पेस' ही स्पेस है।

स्पेस ही स्पेस, हुहं! स्पेस माने क्या? 'आरक्षण' और 'कोटा' के सिवा भी, इसका कोई मतलब है? यही न कि न होता आरक्षण तो यही भारती किसी न किसी का हल जोत रहा होता या पढ़ने लिखने के बावजूद नगर में रिक्शा खींच रहा होता! तुम्हीं कहती थीं कि एकदम गधा है, कुछ नहीं समझता। आज पी.सी.एस. हो गया तो उस जैसा कोई नहीं?

वे अपने मन की भड़ांस निकालने के बाद हल्का महसूस कर ही रहे होते कि पीछे से किसी की आवाज सुनाई पड़ती—"अरे मास्साब! दामाद जी का क्या हाल है?" और धीरे धीरे उन्हें लगता कि यह आवाज सिर्फ

पीछे से नहीं, आगे से भी–बाएँ दाएँ से भी, ऊपर नीचे से भी आ रही है! चारों ओर से! गाँव घराना, पास पड़ोस, जान पहचान का हर आदमी उनके दामाद के लिए चिन्तित है और उनसे मसखरी कर रहा है! इसी बीच जाने किधर से किसी बच्चे की किलकारी सुनाई पड़ती और वह चहकता हुआ उनकी ओर अपनी नन्हीं नन्हीं बाहें फैला देता–"नाना! यह देखो, क्या है?" वे उसके हाथ से एक कागज लेते जो उनकी गैरहाजिरी में चमटोल से झूरी दे गया था। यह निमन्त्रण पत्र था झूरी की पोती की शादी का!...तो अब यही उनकी बिरादरी और भवद्दी है! न्यौता हंकारी और खान पान अब उन्हीं के साथ होना है, गया अपना कुनबा।

निश्चय किया रघुनाथ ने कि अब वे 'वालण्टरी रिटायरमेण्ट' ले लेंगे! उन्होंने शीला से अपनी यह इच्छा जाहिर की कि अब इसकी–नौकरी की जरूरत नहीं! यह नहीं बताया कि उन्हें 'वी.आर.एस.' और 'सस्पेन्शन' में से एक चुनना है और इनमें से यही ठीक है जो वे करने की सोच रहे हैं।

चाँदनी रात थी अगहन की।

आकाश साफ था। आधा आँगन चाँदनी में था, आधा उसकी छाया में। चाँद सीधे रघुनाथ के चेहरे को देख देख कर मुसकरा रहा था। वे उसके जल्दी खिसक जाने की उम्मीद कर रहे थे लेकिन वह अपनी जगह से हटने का नाम नहीं ले रहा था। वे उसे एकटक देखते रहे और उन्हें लगने लगा–जैसे चाँद दर्पण हो और उसमें दिखाई पड़ने वाले धब्बे उन्हीं के चेहरे की झाइयाँ!

गाँव के छौरे के पार से ही शुरू हो जाते थे ईख और अरहर के खेत जहाँ से सियारों ने एकसाथ हुआँ हुआँ शुरू किया।

गाँव से कुत्तों ने भी उसी भाव से जवाब दिया और बता दिया कि वे भी सोए नहीं हैं।

शीला की खटिया रघुनाथ के बगल में ही थी और वह सो रही थी!

पिछले कई दिनों से–कहिए रातों से यही हो रहा था। रघुनाथ रतजगा करते थे और शीला बातें करते करते सो जाती थी।

रघुनाथ उठ कर बैठ गए। अंजोरिया में उसके चेहरे को देखा! भरा भरा गोल गोरा चेहरा और नाक की कील पर चमकती हुई चाँद की किरन। इससे पहले उन्होंने उसे हमेशा लेटते हुए देखा था, सोते हुए नहीं। वे एकटक निहारते रहे उसे। वह करवट लेटी थी और उसका चेहरा उन्हीं की ओर था! उनसे सात साल छोटी, मगर उम्र ने उसे भी नहीं छोड़ा था। उनके

भीतर प्यार उमड़ आया—हाँ, अब भी खूबसूरत थी उनकी पत्नी! उन्हें लगा, उन्होंने कभी ठीक से प्यार नहीं किया उसे। जब भी जरूरत हुई, उसके साथ लेटे जरूर लेकिन प्यार नहीं किया कभी! उन्होंने हाथ बढ़ा कर उसके ब्लाउज का एक बटन खोला—चुपके से, फिर दूसरा, फिर तीसरा। सोई हुई छातियाँ जैसे नींद से जाग गईं, कुनमुनाईं और उन्हें घूरने लगीं! बिस्तरे पर झुकीं झुकीं! उनमें जान बाकी थी।

वे उठे और उसके बगल में लेट गए! शीला ने जगह बनाई उनके लिए और आँखें बन्द किए किए खुद को उनके हवाले कर दिया! आँखें खोलने की जरूरत ही नहीं थी, उनकी उंगलियाँ देह के हर कोने अन्तरे से परिचित थीं। वे बहुत देर तक एक दूसरे की देह के अन्दर उस 'चीज' को ढूँढते रहे जो जाने कब अपना बसेरा छोड़ कर चली गई थी! रघुनाथ को लग रहा था कि नहीं, कहीं नहीं गई है—कहीं न कहीं इस या उस देह में है जरूर—मगर अगर वह सचमुच होती तो और कहाँ जाती? परेशान होकर, थक कर उन्होंने अपना मुँह शीला की छातियों के बीच धँसा दिया और शांत पड़ गए।

"मन न कर रहा हो तो छोड़ो।" शीला फुसफुसाई!

थोड़ी देर तक रघुनाथ कुछ नहीं बोले फिर एक हिचकी ली!

शीला को महसूस हुआ कि उसकी बाईं छाती से सरकती हुई जो गरम चीज बिस्तर पर टपक रही है, वह आँसू है। रघुनाथ के आँसू! उसने उनकी नंगी पीठ सहलाई—आहिस्ता!

"मन तो कर रहा है, शरीर ही साथ नहीं दे रहा है!" टूटी साँसों के साथ रघुनाथ ने कहा!

"तो इसमें दुःखी होने की कौन सी बात है? होता है ऐसा कभी कभी!"

"नहीं, यह कभी कभी जैसी बात नहीं लग रही है शीला!"

"बहुत तनाव में रहे हो इस बीच! इसलिए ऐसा है!"

"नहीं! नहीं, झूठी तसल्ली मत दो! मैं उस पगडंडी को पहचान गया हूँ जिससे चल कर वह देह में घुसता है?"

"कौन वह?"

"बुढ़ापा।" रघुनाथ बोले और फूट फूट कर रोने लगे!

शीला ने उन्हें पकड़ कर बिठाया और साँत्वना में कहा—'ऐसा कुछ नहीं है दिमागी फितूर के सिवा। बेमतलब सोचते रहते हो रात दिन! मैंने कोई शिकायत

की है कभी? और क्या चाहते हो? हमेशा जवान ही रहोगे? ऐसे, यह सब बेटी बेटों के लिए छोड़ो। हमारी तुम्हारी उमर थोड़े ही है यह सब करने की?...

अगले चौथे या पाँचवें दिन शाम जब रघुनाथ कालेज से लौटे तो शीला ने खबर दी कि टेस्ट देकर धनंजय आ गया है! ऐसे, अगर वह खबर न देती, तब भी बरामदे में खड़ी बाइक देख कर वे समझ गए थे! कपड़े बदल कर जब वह बाहर आए तो धनंजय को देखा! पूछा—''अब की कैसे हुए पर्चे?''

''बहुत अच्छा। निकाल लूँगा इस बार!''

''पाँच साल से यही सुन रहा हूँ! हर बार निकाल लेते हो!''

''एस.सी., एस.टी.कोटा और घटी सीटों पर तो मेरा बस नहीं। उसके लिए मैं क्या करूँ!''

रघुनाथ ने उसका कोई जवाब नहीं दिया। इसी बीच शीला बाप बेटे के लिए चाय लेकर आई। चुपचाप चाय पीते रहे! चुप्पी तोड़ी राजू ने ही—''सुना है, आप समय से पहले ही 'रिटायरमेण्ट' लेने वाले हैं?''

''लेने वाले नहीं, ले लिया। आज ही चिट्ठी दे दी!''

''ऐसा क्यों किया आपने?''

''यह मुझसे नहीं, अपने भाई संजय से पूछो!'' शीला की ओर देखते हुए रघुनाथ बोले!

''संजय तो है नहीं, हूँ मैं—कोई फैसला लेने से पहले आपको हमसे बताना तो चाहिए था?;

''बताते तो क्या करते तुम?'' उनका चेहरा थोड़ी देर के लिए तन गया—''एक की 'हाँ' देख ली, दूसरे की 'ना' नहीं सुनना चाहता! और अभी वह दिन नहीं आया है कि मैं तुम्हारी सलाह पर चलूं!''

धनंजय उन्हें देखता रहा! फिर माँ की ओर देखा। शीला सिर झुकाए बैठी रही, कुछ नहीं बोली! ''आपको निर्णय लेते समय मेरे बारे में सोचना चाहिए था। अभी अधर में लटका है मेरा भविष्य!'' ''यही सोचते सोचते मैं बूढ़ा हो गया। तुम बालिग हो अब, अपना खुद देखो!'' रघुनाथ ने बहुत बेरुखी से कहा।

इस उत्तर से धनंजय कसमसा कर रह गया! उसने इस उम्मीद में माँ की ओर देखा कि शायद वह कुछ कहें।

''आपको यह बुद्धि दीदी और संजय के समय क्यों नहीं आई थी, मेरे

ही समय क्यों आ रही है?'' शीला को बुरा लगा। उसने टोका—''चुप रह राजू, कब क्या बोलना चाहिए, समझते नहीं क्या?''

''सब समझता हूँ माँ, इतना नासमझ नहीं हूँ! पता नहीं क्यों, मुझसे ही चिढ़े रहते हैं ये! तुम जानती हो कि टेस्ट का कोई भरोसा नहीं, यही सोच कर मैंने नोएडा के एक 'मैनेजमेण्ट इंस्टीट्यूट' का पता किया। इंस्टीट्यूट तो और भी कई हैं लेकिन उनके रेट बहुत हाई हैं। यही है जो अच्छा भी है और अपनी सीमा का भी! दूसरों से डोनेशन तीन लाख लेकिन मुझसे ढाई ही ले रहा है! सब मिला कर एक साल का खर्च छः लाख पड़ रहा है! और अब? जब मेरा मामला आया है तो ये रिटायर होकर घर बैठ रहे हैं! अपने को मेरी स्थिति में रख कर सोचो ना?''

रघुनाथ सुनते हुए चुपचाप बैठे रहे!

शीला ने उन्हें देखा और उन्होंने शीला को। कोई किसी से नहीं बोला।

रघुनाथ उठ कर अन्दर गए और थोड़ी देर बाद नोटों की गड्डियों के साथ बाहर आए।

''ये लो साढ़े चार लाख! बाकी के छः महीने में ले जाना!'' उन्होंने गड्डियाँ उसके आगे फेंक दीं और वहाँ से हट गए!

दो

1

काफी समय लग गया रघुनाथ को घर पर रहने की आदत डालने में। वे रहे तो गाँव में ही, लेकिन गाँव के नहीं रहे।

गाँव ही वह नहीं रहा तो वह गाँव के क्या रहते? पहाड़पुर जाना जाता था अपने बगीचों, बँसवार और पोखर के कारण—जहाँ चिड़ियों की चहचहाहट और गायों भैंसों के रंभाने और बैलों की घण्टियों की टनटनाहट से बस्तियाँ गूंजती रहती थीं लेकिन अब पेड़ कट गए थे, बँसवार साफ हो गई थी और पोखर धान के खंधों में बँट गई थी! बगीचे के बीच से एक नहर गई थी जिसके किनारे प्राइमरी स्कूल खुल गया था। उसी के बगल में दवाखाना के लिए जमीन भी घेर ली गई थी।

आम्बेडकर गाँव हो जाने के बाद पहाड़पुर तेजी से बदल रहा था! गाँव में बिजली आ गई थी, केबुल की लाइनें बिछ गई थीं, अखबार लेकर हाकर आने लगे थे। कुछ घरों में टी.वी., पंखें और फोन भी लग गए थे! छौरे पर खड़ंजा बिछा दिया गया था। खपरैलों के कुछ ही मकान रह गए थे, बाकी सब पक्के थे। जो पक्के नहीं थे, उनके आगे ईंटें गिरी नजर आती थीं।

रघुनाथ खुद को टी.वी. और अखबार में व्यस्त रखते थे। शौक तो उपन्यास पढ़ने का था लेकिन उपन्यास कालेज के पुस्तकालय में थे जहाँ जाना उन्होंने बन्द कर दिया था! हाँ, वे ही उपन्यास दुबारा पढ़ रहे थे, जिन्हें कभी पढ़ चुके थे! महीने में एकाध बार नगर में पेंशन आफिस का चक्कर जरूर लगा लेते थे।

गाँव में वे न किसी के यहाँ जाते थे, न उनके यहाँ कोई आता था। वे लड़कों बच्चों की लिखाई पढ़ाई के ही काम के आदमी समझे जाते थे,

बाकी मामलों में फालतू। मगर सम्मान सब करते थे—छोटे बड़े सभी। बल्कि अगड़ों से ज्यादा पिछड़े और दलित! इसलिए कि रघुनाथ उनके किताब कापी से लेकर दाखिले और फीस माफी तक जो भी कर सकते थे, अब भी करते थे! वे गाँव घर के प्रपंचों और लफड़ों से निर्लिप्त बड़े सीधे, सरल और सज्जन आदमी के रूप में सबके प्रिय थे!

लेकिन वे सबके प्रिय नहीं थे। ठकुरान के—जिसे वे अपना घराना बोलते थे उसके, लड़के उन्हें नापसन्द करते थे और इसके कारण थे—

एक तो, जब 'मंडल आयोग' लागू किया गया था तो उसका स्वागत करने वालों में कालेज में अकेले अगड़े अध्यापक रघुनाथ थे!

दूसरे, जब जब चमटोल के हलवाहे हड़ताल की धमकी देते थे, वे मानते थे कि यह वाजिब है और उनका हक है!

"उपाय क्या है, यह बताओ!"

"उपाय है! या तो उनकी माँगों पर सहानुभूति के साथ विचार करें या फिर एक ट्रैक्टर खरीदें! और चूँकि हममें से कोई एक इस हैसियत में नहीं है कि अकेले खरीद सके इसलिए हल पीछे दाम बाँध दें। सब लोग मिल कर खरीदें!"

ये बातें हुई थीं बब्बन कक्का के दरवाजे पर जब घराने के सभी बड़े छोटे जुटे थे!

"चलाएगा कौन? ड्राइवर के साथ हेल्पर चाहिए, खलासी चाहिए..."

"अपने ये लड़के जो पिछले सात आठ साल से कम्पटीशन के नाम पर गाँव से नगर और नगर से गाँव मोटरसाइकिल पर मटरगश्ती कर रहे हैं! जब नौकरी का कोई ठिकाना नहीं तो यही करें।" रघुनाथ बोल तो गए लेकिन उन्हें तुरन्त अहसास हुआ कि गलती हो गई!

लड़कों के चेहरे तमतमा उठे! आँखें लाल हो गईं! लेकिन सामने बुजुर्ग थे वे कसमसा उठे! उनमें से कुछ रिसर्च कर रहे थे, कुछ कोचिंग कर रहे थे, कुछ के अंतिम चांस थे कम्पटीशन के, कुछ कम्पटीशन के इंटरव्यू की तैयारी कर रहे थे—वे बीच में किसी तरह की कोई बाधा नहीं चाहते थे! इस तरह का प्रस्ताव ही अपमानजनक था उनके लिए! यह तो कोई नहीं जानता कि किसके भाग्य में क्या लिखा है? और क्या कहेंगे लोग कि यही ट्रैक्टर चलाने के लिए किया था एम.ए. और एमएससी. और पीएचडी.? इन्हें जो कहेंगे सो तो कहेंगे—आप को क्या कहेंगे? आप तो बाप हैं! सब लाज

शरम घोल कर पी गए हैं क्या?

लेकिन उनमें से कोई बोले, उसके पहले ही आहत स्वर में बब्बन कक्का ने कहा—"रग्घू! जाने दो, क्या कहें तुमसे? तुम्हारे बेटे इनकी हालत में होते तो आज ऐसा न बोलते!"

रघुनाथ उठे और घर चले आए—चुपचाप!

उन्हें दुःख यह था कि उन्होंने वहाँ वही बात की थी जो उन लड़कों के बाप खुद उनसे या आपस में या अपने बेटों से ही झल्ला कर कहते थे—निठल्ले! कामचोर! यह भी किसी से छिपा नहीं था कि 'कोचिंग' 'फार्म' 'टेस्ट' उनमें से कइयों के लिए नगर के दोस्तों से मिलने जुलने के बहाने थे! इसे रघुनाथ ही नहीं, उनके गार्जियन भी समझते थे कि 'कोटा' या 'आरक्षण' एक ऐसा कवच मिल गया है उन्हें, जिसका इस्तेमाल वे अपनी असफलताएँ छिपाने के लिए करते हैं! लेकिन इन्हीं मुश्किलों का हल उन्होंने सुझाया तो बेटे ही नहीं बाप भी बुरा मान गए!

इसके बाद से न तो कभी किसी ने रघुनाथ को बुलाया, न उनसे पूछा और न उन्होंने सलाह दी! हाँ, उनके यहाँ एकमात्र आने वाले रह गए थे छब्बू पहलवान। वे क्यों आते थे और वह भी शुरू से—इसका उत्तर न छब्बू के पास था, न रघुनाथ के पास! किसी के पूछने पर बस इतना कहते थे—'अच्छा लगता है', 'शांति मिलती है'। वे जब भी आते थे—आते थे गाँजा, भीगी साफी, चिलम, रस्सी के टुकड़े और माचिस के साथ! अकेले इतमीनान से दम लगाते और खटिया पर लेट रहते! इधर कुछ सधुआ गए थे। जब तब बोल उठते—"मास्टर कक्का, पता नहीं काहें अब जीने का मन नहीं करता!" एक बार उन्हें चुप और उदास देख कर रघुनाथ ने पूछा—"क्या बात है छब्बू! इस तरह क्यों लेटे हो?" छब्बू ने आँखें बन्द किए हुए ही कहा—"कक्का, आज भोरहरी में सपने में बजरंगबली आए थे। बोले, छब्बू! तुम जो पाप कर रहे हो, उसका प्रायश्चित भी तुम्हीं को करना होगा, दूसरे को नहीं।"

"जब तुम जानते हो कि पाप है तो क्यों करते हो?"

"मैं देखते ही बेबस हो जाता हूँ मास्टर कक्का, क्या बताऊँ आपसे?"

रघुनाथ दिसा फरागत के लिए जाने की तैयारी कर रहे थे, बोले—"लेकिन छब्बू, मैं एक बात तुमसे कह रहा हूँ, याद रखना। जब तक उनकी हड़ताल चल रही है तब तक भूल कर भी चमटोल में कदम मत रखना! कोई भरोसा

नहीं है किसी का!''

''बात तो सही कह रहे हैं कक्का, लेकिन एक बात मेरी भी सुन लीजिए! अगर ढोला बुलाएगी तो पत्थर पड़े चाहे बज्जर गिरे, मैं न सुनूँगा, न देखूँगा—चल दूँगा!

''जब तुम्हें किसी की मानना ही नहीं, तो जो इच्छा हो, करो!'' रघुनाथ बड़बड़ाते हुए सिवान की तरफ चले गए जिधर बब्बन सिंह का पपिंग सेट था!

यह हड़ताल का सातवाँ दिन था!

असाढ़ शुरू हो गया था और अबकी पानी जम कर बरसा था।

हलवाहों ने हड़ताल की थी ऐसे ही वक्त पर—खेत के जोत, बन्नी और केड़ा को लेकर। हड़ौरी (हल जोतने की मजूरी) और खलिहानी को लेकर। बाबा आदम के जमाने से चले आ रहे रेट पर काम करने से इनकार कर दिया था हलवाहों ने। बीच बीच में भी हड़तालें की थीं उन्होंने, लेकिन ठाकुरों ने थोड़ा बहुत बढ़ा कर और उन्हें समझा बुझा कर ठीक कर लिया था लेकिन अबकी आर पार की लड़ाई थी! इसमें गोबर पाथने वाली उनकी औरतें और लड़कियाँ भी शामिल थीं। नतीजा यह कि खेतों से लेव का पानी सूखने लगा था, चरनी पर बँधे मवेशी गोबर मूत में ही उठ बैठ रहे थे और पूरा ठकुरान गन्दगी से बजबजा रहा था!

इस बार की हड़ताल को समझने में ठाकुर गच्चा खा गए थे! हलवाहे न थक हार कर आए, न गिड़गिड़ाए, न उनके चूल्हे बुझे। जरूरत भी पड़ी तो अहिरान गए, इधर नहीं आए! पूरे इलाके की चमटोलों का भविष्य पहाड़पुर की हड़ताल पर टिका था—इसे वे समझ गए थे!

ठाकुर रात भर बब्बन सिंह के दरवाजे पर पंचाइत कर रहे थे और मुंसफ, जज, मजिस्ट्रेट, कलक्टर, एस.पी., इंजीनियर, डाक्टर न हो सकने वाले उनके बेटे उन्हीं के पम्पिग सेट पर बैठक! वे रोज शाम को सात आठ बजे वहीं जुटते, कभी गाँजे का दम लगाते, कभी दारू की बोतलें खोलते और चमटोल को हमेशा हमेशा के लिए ठीक कर देने की योजना बनाते। कैसे ठीक किया जाय, कब ठीक किया जाय, ठीक करने का तरीका क्या हो—ये सारी समस्याएँ थीं जिनके बारे में वे गम्भीरता से विचार करना शुरू करते और तीसरी गिलास तक पहुँचते ही कोरस गाने लगते—''गाए चला जा, गाए चला जा एकदिन तेरा भी जमाना आएगा!'' जैसे ही यह खत्म होता वैसे ही 'इण्टरनेशनल'

शुरू हो जाता—"मन में है विश्वास! हो हो मन में है विश्वास! हम होंगे कामयाब एक दिन!"

इस दौरान राम भरोसे दुबे—जो पड़ोसी गाँव के थे और भंग के लती थे और उसे छोड़ कर इस मण्डली के नियमित सदस्य बने थे—पंचांग खोल कर मुहूर्त देखते रहते कि ठीक करने की तिथि कौन सी हो? उन्होंने समय तो बता दिया था—कृष्णपक्ष की अमावस्या की रात; लेकिन किस महीने की अमावस्या हो, इस बारे में वे आश्वस्त नहीं हो पा रहे थे!

इधर हड़ताल खिंचती हुई चली जा रही थी और खरीफ के फसल की उम्मीदें खत्म हो रही थीं।

कि इसी दरम्यान एक दिन नहर के रास्ते एक ट्रैक्टर धड़-धड़ करता हुआ आया और अहिरान में दशरथ राउत के दरवाजे पर खड़ा हो गया!

उसे लेकर आने वाला और कोई नहीं, जसवंत था—दशरथ का बेटा!

दशरथ के चार बेटे थे—दो गाँव पर और दो मध्यप्रदेश के कोरबा में। गाँव वाले दूध और खोवा का व्यवसाय करते थे और कोरबा वालों में बलवंत कोलियरी में ठेके पर लेबर सप्लाई करता था और जसवंत देसी दारू की भट्ठी चलाता था!

जसवंत जब तक गाँव पर था लुच्चा, लफंगा और लतखोर माना जाता था। भागा भी था तो बाप से मारपीट करके। शुरू शुरू में मध्य प्रदेश से पुलिस भी आई थी एक दो बार उसे ढूँढते हुए लेकिन बाद में सुधर गया था धीरे धीरे। इधर जब भी गाँव आता था, 'भैया', 'बाबू', 'कक्का' से नीचे किसी को बोलता नहीं था। कहा करता था कि परदेश में सब कुछ है, इज्जत नहीं है! चाहे जितना कमा लो, रहोगे तो दो नम्बर के ही आदमी। दो नम्बर माने दो कौड़ी। अब वह सारा कुछ छोड़ छाड़ कर गाँव जबार की सेवा करना चाहता था। संयोग ही ऐसा था कि वह पिछले एक दो बार से जब जब आया, गाँव हड़ताल की ही चपेट में रहा। वह न इधर था, न उधर! उसका उठना बैठना दोनों के बीच था—ठाकुरों के भी, हलवाहों के भी। उसने अपनी ओर से दोनों के बीच सुलह समझौते की पूरी कोशिश की, लेकिन नजदीक आने के बजाय दोनों एक दूसरे के खिलाफ और दूर होते चले गए!

जसवंत ने उन दोनों को जवाब दिया ट्रैक्टर लाकर, जो चिढ़ाते रहते

थे कि अहीरों की बुद्धि उनके घुटनों में होती है (शायद इसलिए कि वे घुटनों के बीच बाल्टी दबा कर गाय या भैंस दुहते हैं)।

ट्रैक्टर खलिहान में खड़ा था—ट्राली, कल्टिवेटर, हार्वेस्टर और थ्रेशर के साथ! गेंदे की मालाएँ पहने। उसके बगल में खटिया पर डंडे के साथ दशरथ बैठे थे। गाँव के बच्चे उसे घेरे थे—कुछ छू कर देखना चाहते थे, कुछ ट्राली पर चढ़ना चाहते थे। दशरथ खीझ रहे थे और डंडा पटक पटक कर उन्हें भगा रहे थे!

जब तक कथा और हवन नहीं हो जाता तब तक लोगों की नजर से बचाए रखना था इसे!

भगवंत उर्फ भग्गू के जिम्मे दूसरा काम था। वे कापी और कलम के साथ इधर से उधर भाग दौड़ कर रहे थे। किसानों के लिए सबसे मुश्किल और परेशानी के थे ये महीने! अगहनी के खेत तैयार थे, खेती पिछड़ रही थी, जल्दी से जल्दी जुताई और बुवाई करनी थी, इसके बाद तो रबी का नम्बर लगना था। बड़े मौके से आया था ट्रैक्टर। तारीखों की लूट मची थी, भाड़ा चाहे जो लो—बीघे के हिसाब से! और भाड़ा भी क्या लेना था—वही जो रेट बाँध दिया था दो कोस दूर इकबालपुर के काशी सिंह ने अपने ट्रैक्टर का!

कथा के अभी तीन दिन बाकी थे कि अगले तीन महीने के लिए सारी तारीखें बुक!

दशरथ जिन्हें कभी कोई पूछता तक नहीं था, उनकी 'बल्ले बल्ले' थी! उन्हें पूछने वाले वे थे जो नए घर और दुआर बनवा रहे थे—माटी और खपरैल के मकान गिरा कर! जब बिजली आ गई थी तो उसके स्टैण्डर का घर चाहिए—दीया बाती और लालटेन वाला नहीं। ऐसे लोगों में सिर्फ पहाड़पुर के ही नहीं, पास पड़ोस के भी थे। किसी को ईंटें चाहिए, किसी को सीमेण्ट, किसी को बालू, किसी को गिट्टी, किसी को लोहा लक्कड़। गन्ने भी तैयार हो रहे थे सुगर मिल के लिए। जब ट्राली थी तो सौ काम थे!

दशरथ सबकी सुनते और सब्र रखने के लिए कहते—सब होगा! धीरे धीरे होगा! लेकिन सबका काम होगा!

ठाकुर भौंचक! सदमे में थे! वे हमेशा उन्हें अपने से नीचा समझते थे लेकिन अब उनकी चिरौरी के दिन आ गए थे! उन्हें अफसोस हो रहा था कि यही बात जब रघुनाथ ने कही थी तो उन्होंने क्यों नहीं सुनी तब?

2

रात घिर आई थी। गाँव में सन्नाटा पसरा था। हल्की हल्की झीसियाँ पड़ रही थीं! सिवान मेढ़कों की टर्र टर्र और झींगुरों के झन्न् झन्न् से गूंज रहा था।

ट्रैक्टर के काम शुरू कर देने के बावजूद ठाकुर हारा हुआ महसूस कर रहे थे क्योंकि चमटोल में किसी तरह की कोई बेचैनी नहीं थी! फर्क आया था तो यह कि हलवाहे अब गाँव में और गाँव के रास्ते आने जाने लगे थे–सिर झुकाए, आराम से, बिना बोले और दुआ सलाम के! ठाकुरों को लगता कि वे छाती उतान करके उन पर हँसते हुए आ-जा रहे हैं।

रघुनाथ सोने के पहले बत्ती गुल करने ही जा रहे थे कि सर पर बोरा रखे पानी में भींगता गनपत बरामदे में आया! गनपत उनका हलवाहा था, हलवाही के सिवा घर-दुआर के काम भी देखता था! रघुनाथ ने उसके बेटे को अपने कालेज से बी.ए. कराया था, उसके बाद उससे एक फार्म भरवाया था जिसके कारण वह 'बाट-माप इंस्पेक्टर' बना था! इस एहसान को गनपत कभी नहीं भूलता! इस समय उसका वह बेटा एम.राम मिर्जापुर में पोस्टेड था!

"अरे गनपत तुम? किसी ने देखा तो नहीं?"

"नहीं' मास्टर साहेब!" उसने बोरा खम्भे के पास रखा और मचिया खींचा–"एक बात बता दें। मैं आपको छोड़ूंगा नहीं, भले आप छोड़ दें! हाँ, यह समय थोड़ा खराब है!"

"जानता हूँ, आए कैसे, यह बोलो!"

"गया था मगरू के हियाँ मिर्जापुर! सोमारू भी तो वहीं है न! मगरू

उसे आटाचक्की पर वहीं काम दिला दिया है और वह पक्का हो गया है इस काम में!"

"तो?"

"तो मगरू कहा कि जाँता, ओखरा, मूसर, ढेंकी, चक्की तो कोई चलाता नहीं आज और आटा पिसाने के लिए जाना पड़ता है लोगों को एक डेढ़ कोस दूर–डेढ़गावाँ या कमालपुर; ऐसे में अगर गाँव पर आटाचक्की बिठाई जाय तो कैसा रहेगा? सोमारू काफी है सम्भालने के लिए!"

"बिठाओगे कहाँ?"

"सरकार चमटोल और गाँव के बीच में जो ऊसर जमीन दिया है न, उसी पर! और किसी काम की तो है नहीं वह!"

रघुनाथ कुछ देर सोचते रहे।

"पूछना यह भी था कि ठाकुरों के लिए छूत तो रोटी और भात में ही है, आटा और चावल में तो है नहीं?"

रघुनाथ हँसने लगे–"यह सब मत सोचो! शुरू में भले बिदकें, देर सबेर सब जाएँगे और पिसाएँगे! यही नहीं, आस पास के गाँवों से भी आएँगे लोग। जब चक्की गाँव में ही रहेगी तो उतनी दूर कौन जाएगा? बस देर मत करो!...और बताओ, कै दिन रहे मिर्जापुर?

"रहे दस दिन! एक दिन तो पूछते पाछते गुड़िया बेटी के इस्कूल चले गए थे। बड़ी खुस हुईं! घर ले गईं। अपने हाथ से खाना पकाया, खिलाया, आपका और मालकिन का हाल चाल पूछती रहीं, चलने लगा तो बीस ठो रुपैया भी जबरदस्ती पकड़ाय दिहिन! बिल्कुल नहीं बदली हैं।"

"बहुत दिन रह गए मगरू के पास?"

"नहीं मास्टर साहेब, सब दिन वहीं नहीं रहे! तीन दिन तो फूआ के हियाँ रहे! फूआ का जो सबसे छोट बेटवा है, वह उहाँ का डिपटी मजिस्टरेट है–यस.डी.यम.! बहुत बड़ी कोठी है, उसके सामने बगीचा भी बहुत बड़ा है। जीप है, पुलिस है, ड्राइवर है, नौकर चाकर हैं। ऊ साधारण आदमी थोड़े हैं? इजलास लगाता है। सब कोई नहीं मिल सकता! फूआ से ही कई कई दिन भेंट नहीं होती! हम तो देखे ही नहीं थे उत्ता बड़ आदमी? वहीं रह गए तीन दिन! फूआ रोक लीं!"

रघुनाथ थोड़े गम्भीर हो गए–"नाम क्या है उनका?"

"हम लोग तो सुद्धू सुद्धू बोलते हैं लेकिन नाम सुदेस भारती है! राम

नहीं लिखते।"

रघुनाथ को काटो तो खून नहीं। यही वह सुदेश भारती था जिसका जिक्र सरला ने किया था! इसी से उसने शादी करने की बात की थी! अगर वह सचमुच कर ले तो गनपत जो उनका हल जोतता है और उनके आगे खड़ा रहता है या मचिया पर बैठता है, उनका रिश्तेदार होगा! खरपत जो गनपत का बाप है, उनका समधी होगा और गले मिलेगा! उनके साथ खटिया पर बैठेगा और दामाद के बाप की हैसियत से ऊँचा होगा उनसे! उनका मन हुआ कि शीला को आवाज देकर बुलाएँ और कहें कि सुनो, गनपत क्या कह रहा है?

"बाकी सबके अपने अपने दुःख हैं मास्टर साहेब! उसका बियाह छुटपन में ही हो गया था! वह अपनी मेहर को छोड़ दिया है। उसका लफड़ा चल रहा है आजकल किसी मास्टरनी से! वह ऊँची जात की है। कभी कहती है कि बियाह करेंगे तो तुम्हीं से, कभी कहती है—नहीं करेंगे। माँ बाप नहीं चाहते। इसी में उसे लटकाए चल रही है! फूआ बड़ा दुःखी रहती है।

"तुम जाओ, देर हो रही है!"

"ऊ मास्टरनी के साथ इहाँ उहाँ जाता है, होटल भी जाता है, दूसरे सहर में भी घूमता है, खूब ऐयासी करता है बाकी फूआ से नहीं मिलाता। फूआ बोलीं भी कि हमको दिखा दो एक बार, हम बतियाएँगे उससे कि काहे नहीं कर रही बियाह? लेकिन मिलाए तब न?"

"कहा न जाओ, नींद आ रही है! और वह बत्ती बुझा दो!"

"अच्छा साहेब!" गनपत उठ खड़ा हुआ, "लेकिन साहेब, एक बार समझा देते उसे कि मेहर को छोड़ के काहें ऐसा कर रहा है? मेहरिया तो कहीं चली जाएगी या किसी न किसी को रख ही लेगी, लेकिन बदनामी किसकी होगी? उसी की न?"

"तुम जाओगे कि नहीं, दिमाग मत चाटो!"

"आप नहीं जाना चाहें तो कहिए किसी बहाने हमी उसे ले आएँ!"

रघुनाथ क्रोध से काँपने लगे। उन्होंने उठ कर झटके से बत्ती बुझा दी और उसे ठेल कर बाहर कर दिया! गनपत ने सिर पर बोरा रखते हुए कहा—"साहेब, जो कहने आया था, वह तो भूल ही गया।" सहसा उसकी आवाज फुसफुसाहट में बदल गई, "देखिए रहे हैं कि हवा खराब है। नहीं, एक बात कह रहे हैं। ऐसी कोई बात नहीं है लेकिन पहलवान को समझा दें कि जब

तक हवा खराब है चमटोल की ओर न देखें। और देखना क्या, जाएँ ही नहीं उधर।...''

रघुनाथ का ध्यान ही नहीं था उसकी फुसफुसाहट की ओर! उनकी चिन्ता और बेचैनी का कारण दूसरा था—कि कहीं इसे सरला और भारती के सम्बन्धों की जानकारी न हो? जब रिश्तेदार हैं तो कभी न कभी मगरू जरूर मिलता होगा भारती से, हो सकता है भारती ने चर्चा की हो? और न भी की हो तो मगरू ने दोनों को कभी साथ देखा हो? जब एक ही शहर है तो कैसे सम्भव है कि उसे पता ही न चला हो अब तक?

''शीला!'' आखिरकार उनसे रहा न गया और उन्होंने दूसरी हाँक लगाई—गुस्से में।

3

पहलवान माने छब्बू पहलवान।

पहाड़पुर के ही दक्खिनी हिस्से में घर था बजरंगी सिंह का। वे छब्बू पहलवान के नाम से जाने जाते थे इलाके में। गाँव का नाम दूर दूर तक रोशन किया था उन्होंने! दंगलों में जहाँ जहाँ गए, पछाड़ कर ही लौटे इनाम के साथ। 'टंगड़ी' और 'धोबियापाट' उनके प्रिय दांव थे। लम्बाई ही नहीं, बला की ताकत और फुर्ती भी थी उनमें! किसी को पकड़ लें तो छुड़ाना मुश्किल, दाब दें तो उठना मुश्किल, पट पड़ के मिट्टी पकड़ लें तो चित करना मुश्किल। भैंस को केहुनी से मार दें तो पसर जाय और उठ न सके!

लेकिन उनके बड़े भाई–जिनके चलते वे पहलवानी कर रहे थे–जब असमय ही अचानक चल बसे तो उन्होंने लंगोट खूँटी पर टाँग दिया और घर की जिम्मेदारी सम्भाल ली!

छब्बू की शादी नहीं हुई थी। जब उम्र थी तब की नहीं अखाड़े के जोश में और जब करनी चाही, तो उमर नहीं रही! कोई आया भी नहीं! इस तरह परिवार के नाम पर उनके दस साल का भतीजा था और बेवा भौजी! भौजी रात दिन पूजा पाठ और धरम करम में लगी रहतीं और भतीजा स्कूल आता जाता। खेती बारी छब्बू सम्भालते और सम्भालते क्या–हलवाहे झूरी के जिम्मे छोड़ कर निश्चिन्त रहते!

लेकिन यह निश्चिन्तता उनकी किस्मत में नहीं थी! एकदिन उनकी नजर पड़ गई झूरी की औरत ढोला पर! दो बच्चों की माँ लेकिन सिर्फ कहने को। वह कलेवा लेकर आई थी अपने मरद के लिए! छब्बू ने उसे पहले भी देखा था–जाने कितनी बार! लेकिन अबकी नजर पड़ी नहीं, गड़ी! उन्होंने उसे

आते हुए देखा, बैठते हुए देखा, चलते हुए देखा—क्या छरहरा बदन, क्या लोच, क्या गदराए कूल्हे। गड़ गई आँखों में! कहाँ यह हड़ियल झूरी और कहाँ यह गाँजे की कली! बस एक सुट्टा लग जाय तो उड़ जाओ आसमान में और फिर उड़ते ही रहो। जमीन पर लौटने की नौबत ही न आए!

और फिर इसके बाद ही शुरू हुई छब्बू पहलवान के सुट्टा मारने की कहानी!

लेकिन कहानी रफ्तार पकड़ती इसके पहले ही भौजी को अंदेशा हो गया। भतीजे मुन्ना ने माँ से बताया कि उसने चच्चा और ढोला को दालान में छुपाछुपी खेलते हुए देखा था! भौजी रोने लगी। उसने छब्बू से कहा—"छब्बू! मेरी एक बिनती है! भैया तो रोकने टोकने के लिए हैं नहीं, तुम करोगे अपने मन की ही। लेकिन चाहे जो करो, करो घर के बाहर! इसे साफ सुथरा रहने दो!" इशारा समझ गए छब्बू! इसके बाद से ही छब्बू की चमटोल में आवाजाही बढ़ी!

हलवाही के लिए हो या रोपनी कटिया के लिए—बुलाने के लिए चमटोल में जाना ठाकुर अपनी बेइज्जती समझते थे! जरूरी ही हुआ तो वे बच्चों को भेजते थे! लेकिन छब्बू ऐसे मान अपमान से परे थे। अगर वे गाँव में नहीं दिखाई पड़ते, बगीचे और नहर पर भी नहीं दिखाई पड़ते, खेत खलिहान में भी नहीं दिखाई पड़ते तो लोग मान लेते कि वे चमटोल में होंगे—ढोला के संग! यह चमटोल भी जानती थी और गाँव भी! गुस्सैल इतने थे कि उनसे सीधे कुछ कहने की हिम्मत किसी में नहीं थी!

सभी अगड़ों ने बारी बारी से मिल कर घराने के सबसे मानिन्द बब्बन कक्का पर दबाव बनाया कि वे अपने स्तर पर जो कुछ कर सकें, करें। समझाएँ या घौंस दें या जात बाहर करें। ऐसा कहने वालों में अगल बगल के गाँवों के लोग भी थे! शिकायतों से तंग आकर कक्का ने छब्बू को बुलवाया। छब्बू ने उनकी बातें बहुत ध्यान से सुनीं और अन्त में बोले—"बात तो ठीक है कक्का मगर किसको किसको निकालिएगा जात बाहर? किसी किसी का ढँका तुपा है और किसी किसी का जगजाहिर! लेकिन बचा तो कोई नहीं है मेरी जानकारी में! अगर कोई है तो बताइए उसका नाम? फिर मैं बताऊँ उसके बारे में! रही मेरी बात तो आप से छिपाऊँगा नहीं? मैं सब कुछ करता हूँ लेकिन मुँह से मुँह नहीं सटाता! अपने धरम और जात को नहीं भूलता!"

कक्का सिर झुकाए बैठे रहे, कुछ नहीं बोले!

छब्बू थोड़ी देर बाद उठ कर चले गए!

लोग मजाक में कहा करते थे कि सिवान में झूरी पहलवान का खेत जोतता है और पहलवान चमटोल में उसका खेत! हिसाब बरोबर।

और झूरी का यह था कि जब वह खेत जोत कर लौटता तो छब्बू घर में; बुवाई करके आता तो छब्बू घर में; बाजार से लौटता तो छब्बू घर में! वह उनके होने की आहट मिलते ही उलटे पाँव वापस!

उसने एक बार हिम्मत की। हाथ जोड़ कर कहा—"मालिक! मेरी नहीं तो कम से कम अपनी इ़ज्जत का तो ख्याल कीजिए। लोग क्या क्या कहते हैं आपके बारे में?" इसका नतीजा यह हुआ कि वह पखवारे भर हल्दी प्याज बदन पर पोत कर घर में पड़ा रहा!

बेबस ढोला। मुहाल हो गया जीना! नरक हो गई थी उसकी जिन्दगी! रात भर झूरी की छाती से लग कर सुबकती रहती और गुस्से में फनफनाती रहती!

सबसे बड़ी बात यह कि ग्राम प्रधान चमटोल का, उसी की जाति का, पहलवान के साथ गाँजे का सुट्टा लगाता था और जब कहो तो बोलता था—"कलेजा कड़ा रखो, बस थोड़ा इंतजार करो!" कब तक इंतजार करो!

सावन शुरू हो गया था! इसी महीने में पचैयाँ (नागपंचमी) पड़ती थी! पहाड़पुर में पचैयाँ छब्बू पहलवान का पर्व थी! उस दिन तीन बाल्टियों में भिगोए हुए चने लाए जाते, परात भर के मिठाइयाँ आतीं, बताशे आते, बजरंग बली की पूजा की जाती, छब्बू पहलवान लंगोट पहन कर अखाड़े की मेंड़ पर बैठते और अपने चेलों की कलाइयों में रक्षा बाँधते! वे उस्ताद के आशीर्वाद के साथ अखाड़े में उतरते! उनकी कई जोड़ियाँ होतीं और दोपहर बाद तक पट्ठे अखाड़े में जोर आजमाइश करते रहते! सबसे आखिर में छब्बू उतरते—बड़ों के पाँव छूकर और छोटों को हाथ जोड़ कर। यह प्रदर्शन कुश्ती होती। वे अपने दांव और करतब दिखाते—पहलवानी छोड़ देने के बावजूद!

इस अवसर पर चमटोल से डफले और नगाड़े वाले भी आते और झूम कर बजाते! अहिरान के बनेठी वाले भी होते और एक दूसरे से खेलते हुए पसीने पसीने हो जाते!

दूसरे गाँवों में पचैयाँ मात्र धार्मिक त्यौहार रह गई थी लेकिन पहाड़पुर

में अभी चल रही थी—रस्म के रूप में ही सही! लेकिन यह भी सब जानते थे कि यह तभी तक है जब तक छब्बू हैं! ऐसे भी ठाकुरों की नई पीढ़ी के लिए देह बनाना, वर्जिश और रियाज करना, कुश्ती लड़ना फालतू चीज थी। एकदम मूर्खता! तमंचा के आगे मजबूत से मजबूत कद काठी का भी क्या मतलब? इसीलिए उनके चेलों में ज्यादातर अहिर, कहार, लुहार, गड़रिया थे, ठाकुर बामन नहीं।

लेकिन अबकी बुरा हाल था पचैयाँ का। पानी सुबह से ही बरस रहा था—कभी मद्धिम, कभी तेज! अखाड़ा एक दिन पहले ही गोड़ कर तैयार किया था खुद छब्बू ने। यह काम चेलों में से किसी को नहीं करने देते थे वे! लेकिन वह कीचड़ हो चुका था—धान के खंधे की तरह! मिठाइयाँ और बताशे आ चुके थे। चने फूल कर अंखुआ गए थे! इंतजार था बारिश थमने का! छब्बू बोल गए थे कि तुम लोग तैयारी रखना जैसे ही मौसम ठीक होगा, मैं आ जाऊँगा!

मगर न मौसम ठीक हुआ, न छब्बू लौटे!

बारिश तब थमी जब शाम ढली। आसमान साफ हुआ और जहाँ तहाँ छिटपुट तारे नजर आए! इसी वक्त पुलिस की जीप आई गाँव में और पता चला—छब्बू का कतल हो गया है! जनपद के सबसे दिलेर और बहादुर और ताकतवर आदमी का कतल!

यह खबर नहीं, बिजली थी जो बदरी छंटने के बाद तड़तड़ा कर ठाकुरों के टोले पर गिरी थी! वह चाहे जो था, जैसा था—ठाकुर था और उसके रहते किसी में इस टोले की तरफ आँखें उठा कर देखने की हिम्मत नहीं थी! और अब?

अब, चमटोल के बाहरी हिस्से में एक झोंपड़े के आगे कीचड़ में चारों खाने चित्त पड़ा था वह। मरा हुआ। खुले आसमान के नीचे। एक लालटेन उसके सिर के पास थी, दूसरी पैरों की ओर। दोनों ईटों की ऊँचाई पर—ताकि लाश पर नजर रखी जा सके। लाश खुद कीचड़ और माटी में लिथड़ी पड़ी थी। पैर इस तरह छितराए हुए पड़े थे जैसे बीच से चीर दिए गए हो! जननांग काट दिया गया था और उसकी जगह खून के थक्के थे जिन पर मक्खियाँ छपरी हुई थीं, उड़ और भिनभिना रही थीं। पुलिस परेशान थी उस जननांग के लिए—कटा तो गया कहाँ? वह लाश के आसपास कहीं नहीं था। वह लालटेन और टार्च की रोशनी में उसे ढूँढ़ रही थी! जमीन समतल नहीं

थी–गड्ढा गुड्ढी बहुत थे और सबमें पानी भरा था! उसे जहाँ कहीं सन्देह होता, लाठी से कुरेद कर देख लेती, भले वह माटी का ढेला हो। एक डर भी था कहीं भीतर कि ऐसा न हो कि कुत्ते आए हों और माँस का लोथड़ा समझ कर किसी दूसरी जगह ले गए हों या खा गए हों!

यह खोज देर रात तक चलती रही!

पुलिस अपनी तरफ से पूरी तैयारी के साथ आई थी लेकिन जिस आशंका से आई थी, वैसा कुछ नहीं हुआ–न कोई बलवा हुआ, न चमटोल फूँकी गई, न बदले की कार्रवाई हुई!

झूरी के झोंपड़े के बाहर ताला लटक रहा था और चमटोल में सन्नाटा था। एक भी मर्द नहीं। सारे मर्द बस्ती छोड़ कर जाने कहाँ चले गए थे। पुलिस के आने के पहले से ही! सिर्फ औरतें और बच्चे थे जो अपने घरों में बन्द थे।

हत्या एक ऐसे आदमी की हुई थी जिसके घर कोई एफ.आई.आर. दर्ज कराने वाला भी नहीं था। हत्या किसने की, कब की, कैसे की, क्यों की–इसका कोई चश्मदीद गवाह भी नहीं था।

कयास जरूर लगाए जा रहे थे लेकिन वे कयास भर थे–कि छब्बू सुबह सुबह अपनी देह की आग बुझाने झूरी के घर पहुँचे! आहट लगते ही झूरी दूसरी कोठरी में छिप गया। ढोला चाँचर खोल कर उन्हें अन्दर ले गई! बेसब्र छब्बू लुंगी खोल कर जैसे ही उसके साथ सोने को हुए कि वह उनका फोता पकड़ कर झूल गई! वे उसे मारते पीटते चीखते चिल्लाते हुए बेहोश होकर गिर पड़े। उसी समय झूरी हँसुआ लेकर आया और उसने उनका जननांग काट कर फेंक दिया। दोनों बाहर आ गए कोठरी बन्द करके और उनके तड़पने छटपटाने और मरने तक इंतजार करते रहे! बाद में घसीट कर बाहर कर दिया।

कि वे धान का बीज छीटने बीयढ़ में गए थे उन दोनों के साथ। मारा वहीं, लेकिन केस (बलात्कार) बनाने के लिए दरवाजे के सामने ला पटका।

कि निहत्थे होने के बावजूद पहलवान दो चार को तो कच्चा चबा जाएँ! दो चार के मान के नहीं थे वे। चमटोल को पता था कि वे किधर दिसा फरागत होने जाते हैं। पूरी चमटोल ने उधर ही घेर कर अरहर के खेत में मारा जैसे वे सुअर को चारों ओर से घेर कर मारते हैं और झूरी के घर के आगे लाकर फेंक दिया! सिवान में चीखे चिल्लाएँ भी तो किसे सुनाई

दे बादलों की गड़गड़ाहट में?

इस तरह के चर्चे। अलग अलग कयास, अलग अलग आदमी के! सच्चाई का किसी को पता नहीं। लाश के पास कोई फटका ही नहीं तो पता कैसे? पुलिस ने ही फटकने नहीं दिया!

लेकिन एक बात धीरे धीरे साफ हुई कि जो कुछ हुआ था, 'अचानक' और 'संयोगवश' नहीं हुआ था। इसके पीछे महीनों से चल रही तैयारी थी! इस तैयारी में अकेले पहाड़पुर की चमटोल नहीं, आस-पास के बीस-पच्चीस गाँवों की चमटोलें शामिल थीं। कतल से पहले और बाद खर्चे ही खर्चे हैं—थाने के सी.ओ. को चाहिए, मुंशी को चाहिए, पोस्टमार्टम वाले डाक्टर को चाहिए, पैरवीकार को चाहिए, वकील को हर तारीख पर चाहिए, गवाहों को चाहिए—ढेर सारे खर्चे। यह कहाँ से करेगा झूरी? सो, सभी चमटोलों के हलवाहों ने चंदे जुटाए थे! दूसरे, उन्हें इंतजार था अपनी जाति के किसी पुलिस अधिकारी का जो धानापुर थाना सम्भाले और आ गए थे दो महीने पहले भगेलू यानी बी. राम। साथ ही अक्टूबर में चुनाव था विधानसभा का और कोई ऐसी पार्टी नहीं जिसे अनुसूचित जातियों के वोट की दरकार न हो! तीसरे, चमटोलें जानती थीं कि छब्बू के मसले पर ठाकुर बिरादरी बँट जाएगी, कभी एक न होगी!

और जल्दी ही यह साबित हो गया।

4

छब्बू के मारे जाने का सदमा जिसे सबसे ज्यादा था, वह रघुनाथ थे!

जाने क्या था कि छब्बू जब कभी बगीचे की तरफ आते, नहर या अखाड़े पर आते या अपनी भैंस के साथ उत्तरी सिवान में आते—रघुनाथ के दुआर को जरूर देखते—मास्टर साहब हैं या नहीं? हैं तो खाली बैठे हैं या काम कर रहे हैं? अगर रघुनाथ खाली होते तो छब्बू आकर बैठ जाते! बोलते कुछ नहीं, बस बैठे रहते! पूछने पर बोलते कि कोई काम नहीं, बस आपके पास कुछ समय बिताना अच्छा लगता है मुझे! अच्छों की सोहबत मिलती ही कहाँ है?

वे जाते हर जगह, लेकिन बैठते यहीं।

वे रघुनाथ के कहे बगैर उनके हित अहित का अपने आप ही ध्यान रखते। यह उनकी भावना थी जिसके पीछे कोई कारण नहीं था! ऐसा रघुनाथ दूसरों से ही सुनते, छब्बू से नहीं! अभी साल भर पहले की बात है—रघुनाथ के पिछवाड़े उनके चचेरे भाई का घर दुआर है जिसके आगे तीन बिस्से के करीब उनकी जमीन है! उनकी यानी रघुनाथ की! भाई तक तो गनीमत थी। वे बँटवारे का सम्मान करते थे लेकिन भतीजों की नीयत खराब होने लगी। उन्हीं के घर के सामने दूसरे की जमीन! वे चार भाई थे और सब बालिग! बड़े को रघुनाथ ने ही पढ़ाया था और बिजली विभाग में नौकरी भी दिलाई थी! वह समय समय पर कब्जा करने की तरकीबें और बहाने ढूँढ़ता रहता! उसने एक बार रात भर में रघुनाथ के पिछवाड़े एक ईंट की दीवार खड़ी कर दी और उनका रास्ता बन्द कर दिया। रघुनाथ को सबेरे तब मालूम हुआ जब हल्ला गुल्ला सुनाई पड़ा! वे पहुँचे तो देखा कि छब्बू

लाठी लिए हुए दीवार गिरा रहे हैं और गालियाँ बरसाते हुए नरेश को ललकार रहे हैं—"घरघुस्से, बाहर निकल और हिम्मत हो तो खड़ी कर दीवार! हम भी देखें! मास्टर को अकेला समझा है क्या? खसरा खतौनी भी कोई चीज है कि नहीं?"

नरेश और उसके भाई घर में ही घुसे रहे, उनमें से किसी की हिम्मत नहीं हुई कि बाहर आए और छब्बू से लोहा ले!

सच्चाई यह है कि रघुनाथ को नौकरी जाने का जितना दुःख था उससे कम दुःख छब्बू के जाने का नहीं था! क्योंकि छब्बू थे तो रघुनाथ भी थे और उनके लिए पहाड़पुर भी! अब किसके बूते वे रहेंगे?

छब्बू के मारे जाने के पहले गनपत ने रघुनाथ को इशारों में बता दिया था कि पहलवान कभी आप के यहाँ आएँ तो समझा दीजिए—चमटोल से दूर ही रहें! यह हम दोनों के बीच की बात, किसी तीसरे को न पता चले! बस दूर रहें! "रघुनाथ ने एक बहाने से कहा भी था कि छब्बू! अब बहुत हो गया, जाने दो!" छब्बू ने कहा—"मास्टर साहब! छोड़ तो दूँ, लेकिन जाऊँ कहाँ? गाँव में तो सभी बेटियाँ हैं, बहुएँ हैं! और कहाँ जाऊँ?"

रघुनाथ ने उन्हें तरह तरह से समझाने की कोशिश की लेकिन बेकार!

उन्होंने भी सोचा था कि अधिक से अधिक क्या होगा—यही होगा कि छब्बू बेइज्जत किए जाएँगे और झूरी ढोला से सम्बन्ध हमेशा के लिए खतम! लेकिन यह तो छब्बू के दुश्मनों ने भी नहीं सोचा था कि ऐसा होगा। वे यह कहते घूमते रहे कि यह एक ठाकुर की हत्या नहीं, पूरी बिरादरी की मर्दानगी को चुनौती है, उसे ललकारा गया है—लेकिन इस घटना को भुलाना और इसकी चर्चा न करना ही बेहतर समझा सबने!

थोड़ा वक्त लगा ठकुरान (ठाकुर टोला) को बदले हुए समय को समझने और उसके हिसाब से अपने को ढालने में! कई दिनों तक दुआर कूड़ा और कचड़े का ढेर बना रहा, कई दिनों तक चरनी और नाद के आसपास की जगहें गोबर से बजबजाती रहीं, कई दिनों तक बैल खूँटे से बँधे उठते बैठते रहे, गाएँ भैंसें रंभाती और पगुराती रहीं! लेटे लेटे खटिया तोड़ने वाले ठाकुर कभी कोने में पड़ी कुदाल की ओर देखते, कभी फरसा की ओर, कभी फरुही, कूँचा और झाड़ू की ओर—और थक कर अन्त में उस छौरे की ओर जिधर से हलवाहे आते थे!

लेकिन हलवाहे जो चमटोल से फरार हुए, वे नहीं लौटे!

एक हफ्ता बीता।

फिर दूसरा हफ्ता बीता।

फिर तीसरा हफ्ता बीता।

उनके जाने से ठाकुर जितने परेशान थे, दशरथ यादव उतने ही खुश! उनके बेटे जसवंत ने इस गाढ़े वक्त में ठाकुरों को सम्भाल लिया था। उसने उन्हें हलवाहों की कमी खलने नहीं दी। उसने सबके खेत जोते भाड़े पर। एक दिन भी उसका ट्रैक्टर बैठा नहीं रहा। सबके हल जुआठ धरे रह गए! उसने सबको अहसास करा दिया कि बैल सिरदर्द और बोझ हैं, फालतू हैं, दुआर गंदा करते हैं, उन्हें हटाओ! उनके गोबर भी किस काम के? उनसे उपजाऊ तो यूरिया है!

कुछ बातें बाद में पता चलीं, उस समय नहीं। मसलन, जैसे उसने ठाकुरों को सम्भाला, वैसे ही उसने चमटोल को भी सम्भाल लिया! कुछ हलवाहे तो शहर चले गए—रिक्शा खींचने के इरादे से या दिहाड़ी पर काम करने के इरादे से लेकिन ज्यादा बड़ी संख्या कोरबा गई—जसवंत के छोटे भाई बलवंत के पास जो दिहाड़ी मजूरों का ठेकेदार था। उसने सबको खदान में काम दिलाया। और यह भी कि गाँव घर का होने के कारण वह दूसरों से जितना लेता था, उससे कम लिया इनसे!

यही नहीं, जसवंत ने उनकी भी मदद की जो चमटोल में रह गए थे—खासतौर से औरतें! राशन पानी के गरज से अनाज के लिए उन्होंने ठकुरान में जाना बन्द कर दिया था और सूद पर जसवंत से या अहिरान से रुपए लेने लगीं! वे अब सीधे गज्जन साव की दुकान पर जातीं, नगद पैसे देतीं और सौदा सुलुफ लेतीं!

गाँव धीरे धीरे पहले वाले ढर्रे पर लौटने लगा—नए बदलाव और नई व्यवस्था के साथ। फर्क इतना ही आया कि जो हलवाहे बाहर नौकरी करते थे और गाँव लौटते थे, वे ठकुरान में न जाकर अहिरान में जाना उठना बैठना पसन्द करते थे! शायद उन्हें वहाँ बराबरी का अहसास होता था।

रिटायरमेण्ट के बाद लोगों की देखा देखी रघुनाथ ने भी अपनी खेती बारी की दूसरी व्यवस्था की! उन्होंने अपने खेत सनेही को अधिया पर दे दिए! सनेही उनके कालेज का चपरासी था और सात मील दूर अपने गाँव से कालेज आता जाता था। जात का कोइरी! उसकी समस्या उसकी औरत

और बाल बच्चे थे! रघुनाथ ने उसके परिवार के लिए बरामदे का एक हिस्सा और बाहर का झोंपड़ा दे दिया! इस तरह वे भी खेती के झंझटों से निश्चिन्त होकर कहीं आने जाने लायक हो गए! और कहीं आना जाना भी क्या, मैनेजर और प्रिंसिपल ने पेंशन लटका रखी थी और वे उसी में लगे हुए थे। वे उसी चक्कर में दो तीन दिन के लिए शहर गए हुए थे कि इधर उनके भतीजे नरेश ने घर के पिछवाड़े की जमीन दुबारा घेर ली—अबकी कंटीले तारों से।

इतना ही नहीं, नरेश ने पुरानी नाद उस जमीन पर गाड़ी और भैंस बाँध दी! चारों तरफ गोबर और कंडे फिंकवा दिए, जहाँ तहाँ सनई और पुआल के पूले रखवा कर यह साबित करने की कोशिश की कि पिछले कई सालों से यह उसी के कब्जे में है।

गाँव में घुसते ही छौरे से रघुनाथ ने देख लिया और सीधे वहीं पहुंचे जहाँ नरेश भैंस को सानी दे रहा था। उसने हाथ पोंछ पाछ कर चाचा के पैर छुए!

यह सब क्या है?

नरेश ने आश्चर्य से उन्हें देखा—"कुछ भी तो नहीं, है क्या?"

क्रोध से थरथरा उठे रघुनाथ—"गुंडई करते हुए—और वह भी अपने चाचा से—जरा भी शर्म नहीं आई तुम्हें? हटाओ यह सब खूँटा सूँटा, तार फार!"

नरेश के तीनों भाई भी घर के अन्दर से बाहर आ गए! पड़ोसियों में से कोई नहीं आया। सभी अपने दरवाजे पर बैठे देख सुन रहे थे!

"वह तो नहीं हटेगा चाचा। हमारे घर दुआर के आगे की जमीन हमारे मसरफ की है और फालतू में फँसाए हैं आप! जबकि आपकी है भी नहीं, गाँव समाज की है!"

इतना सुनना था कि रघुनाथ के तन बदन में जैसे आग लग गई। वे फनफना उठे और एक लात मारी नाद पर—"ऐसी की तैसी तेरी और तेरे गाँव समाज की!" अभी मिट्टी कच्ची थी नाद की, वह एक तरफ लुढ़क गई!

इसी बीच गुस्से में तमतमाया और गालियाँ देता हुआ नरेश का छोटा भाई देवेश दौड़ा और धक्का मार कर रघुनाथ को गिरा दिया। वे सम्भलें, इसके पहले ही उनकी छाती पर बैठ कर चीखा—"साले बुड्ढे! टेंटुआ पकड़ कर अभी चाँप दें तो टें बोल जाओगे! हम जितनी ही शराफत से बात कर रहे हैं, उतना ही शेर बन रहे हो! जा, जो करना है, कर ले!" उठते हुए

उसने उनकी कमर पर एँड़ जमाई—"साला बुड्ढा हरामजादा!"

रघुनाथ ने उठने की कोशिश की मगर नहीं उठ सके!

नाद के बगल में पड़े पड़े उन्होंने चारों तरफ नजर दौड़ाई! घराना देख रहा था और अपने अपने दरवाजे पर बैठा हुआ था!

थोड़ी देर बाद नरेश ने उन्हें खड़ा किया और घर की ओर ठेल दिया!

"पीस कर लगाने के लिए हल्दी प्याज न हो तो कहना, भिंजवा देंगे!" देवेश चिल्लाया!

क्या हो गया है गाँव को?

यहीं पैदा हुए, पले बढ़े, पढ़ें पढ़ाया, सबकी मदद की—कभी किताब कापी से, कभी फीस माफी से, कभी रुपए पैसे से; कितने रिश्ते नाते हैं और रहेंगे—आज भी, कल भी, क्या हो गया गाँव को?

क्या इसलिए कि वे घराने की इस या उस पार्टी में नहीं रहे?

क्या इसलिए कि रिटायर कर गए और किसी काम के नहीं रहे?

क्या इसलिए कि कभी किसी के झगड़ों और झमेलों में नहीं पड़े?

क्या इसलिए कि बेटे ने जात बाहर शादी की?

क्या इसलिए कि बेटा अमेरिका में डालर कमा रहा है?

क्या इसलिए कि दूसरा बेटा भी नोएडा में एम.बी.ए. कर रहा है?

क्या इसलिए कि बँटाई पर खेती सनेही को दी—बाहरी आदमी को, इन्हें नहीं?

क्या हो गया अपने ही घराने को? रघुनाथ समझने में नाकाम रहे!

5

रघुनाथ दालान में करवट लेटे थे!

'नहीं नहीं' करने के बावजूद शीला कमर की उभरी हुई हड्डी के आस पास हल्दी प्याज चूना का घोल छोप रही थी! और मुँह के अन्दर ही अन्दर कुछ बुदबुदाती भी जा रही थी नाक सुड़कते हुए।

दो दो मुस्टंड बेटे और दोनों परदेश!

एक भी यहाँ नहीं जो बाप के बगल में खड़ा होता!

रघुनाथ ने जिन अंडों को से कर बड़ा किया था, वे कोयल के नहीं कौवे के थे। वे खुद कौवा थे, वरना समझ गए होते।

वे अब तक जिस घर में रहते आए थे खपरैलों का था! मिट्टी की मोटी मोटी दीवारों का। पुश्तैनी घर! पीछे वाली जमीन जान बूझ कर बँटवारे में ली थी उन्होंने—कि जब पैसा और सौंहर होगा तो पक्का घर बनाएँगे—छोटा सा ही सही! यह जरूरी था—उनके लिए नहीं, बेटों के लिए। घर ही नहीं रहेगा तो वे आएँगे क्यों? आएँगे तो रहेंगे कहाँ? और जब आएँगे ही नहीं, रहेंगे ही नहीं तो गाँव घर को जानेंगे क्या? फिर बाप दादा की जमीन जायदाद का क्या होगा? कौन देखेगा ताकेगा? खपरैल का घर तो ढह रहा है! कब बैठ जाएगा, कोई नहीं जानता!

तो पिछले दिनों जब 'प्राविडेण्ट फँड' के पैसे मिले थे तभी नए घर में हाथ लगाने का फैसला कर लिया था उन्होंने! अब यह नई मुसीबत!

उन्हें छब्बू की कमी खल रही थी—लगातार!

ये नई नस्लें पैदा हुई थीं गाँव में—तभी से जब से गाँव में बिजली के खम्भे,

केबुल, ट्यूबवेल, पम्पिंग सेट, दवाखाने आए थे, जातियों की पार्टियाँ आई थीं, हर तीसरे घर से फौज में किसी न किसी की भर्ती हुई थी। सवर्णों में एक नस्ल रिसर्च और कोचिंग करने वाले लड़कों की थी जो शहर से या किसी फौजी के घर से बोतल हासिल करते और रात पम्पिंग सेट पर बिताते!

दूसरी नस्ल नरेश और उसके भाइयों की थी! नरेश बिजली मैकेनिक था! सरकारी कर्मचारी था! लेकिन खम्भे से तार खींच कर घरों में अवैध कनेक्शन देता था और अच्छी खासी कमाई करता था। उसके तीनों भाइयों की दिलचस्पी पालिटिक्स में थी! देवेश सपा का कार्यकर्ता था, रमेश बसपा का, और महेश भाजपा का। यही पार्टियाँ पिछले बीस सालों से सत्ता में आ जा रही थीं और क्षेत्र में विधायक और साँसद भी इन्हीं पार्टियों के हो रहे थे! तीनों ने बड़ी समझदारी से किसी न किसी नेता को पकड़ रखा था! वे अपने अपने नेता के साथ रहते, घूमते, खाते पीते और जनता की सेवा करते—यानी ट्रांसफर करवाने या रुकवाने का काम करते! छोटी मोटी नौकरी से यह बड़ा और सम्मान का धंधा था! लोगों पर रौब भी रहता और दबदबा भी! इनके पास हर मंत्री के साथ उठने बैठने और खाने पीने के किस्से होते!

वे जब कभी चार पाँच दिन गायब रह कर गाँव आते तो सीधे लखनऊ से या किसी महारैली से या 'हल्ला बोल' से ही आते!

इन भाइयों की पहुँच और पैसे की ताकत का बोध रघुनाथ को तब हुआ जब उन्हें दस बारह दिन दौड़ना पड़ा—कभी लेखपाल के पास, कभी थाने पर, कभी एस.डी.एम. के ऑफिस में। कुर्सी सबने दी, सम्मान सबने किया, ध्यान से सुनी उनकी बातें और अन्त में कहा—"मास्साब! आप विद्वान् हैं, शरीफ हैं, आपकी सब बातें सही हैं लेकिन किस झमेले में अपने को डाल रहे हैं? वे सब अच्छे आदमी हैं क्या?' मुँह से बोल कर तो कुछ नहीं कहा, इशारों से जरूर समझा दिया कि कर तो सकते हैं कुछ न कुछ, लेकिन बातों से तो सिर्फ बातें ही कर सकते हैं न।

उसी दौरान उन्हें यह भी पता चला कि घराने के आठों परिवारों में से हर परिवार को चुप रहने के लिए नरेश ने दो दो हजार दिए थे!

रघुनाथ दौड़ लगाते लगाते थक गए थे! यह उमर भी ऐसे कार्यों के लिए नहीं रह गई थी। अब पहले जैसा दमखम भी नहीं रह गया था। घुटनों में भी दर्द रहता था और गरदन में भी। शीला अलग मरीज थी दमा और

गैस की! जब भी रघुनाथ के सामने आती, डकार लेती हुई ही आती। और पिछले दिनों की घटना और पति की परेशानी ने तो उसे और भी नर्वस और निराश कर दिया था।

रघुनाथ दोपहर के खाने के बाद नीम के नीचे लेटे थे और सोच रहे थे कि अब क्या करें? एकमात्र रास्ता उन्हें दिखाई पड़ रहा था—कचहरी! लेकिन वह रास्ता बहुत लम्बा था। वह जानते थे कि तारीख पर तारीख पड़ती जाएगी। इसी तरह एक दिन वे आते जाते मर जाएँगे और फैसला नहीं होगा!

इसी बीच शीला आई। उसने कहा—"अजीब आदमी हैं आप? अकेले चिन्ता में मरे जा रहे हैं, जिन्हें यह सारा कुछ सम्भालना है, उनसे सलाह क्यों नहीं ले रहे हैं? पूछिए तो उनसे?"

"किनसे—बेटों से?"

"हाँ, माना कि एक दूर है लेकिन दूसरा तो पास है!"

"बिल्कुल सही कह रही हो।" उन्होंने राहत की साँस ली—"बताओ भला! इस ओर तो मेरा ध्यान ही नहीं गया था!"

वे उठे और शीला के साथ फोन पर जुट गए। शीला उन्हें बार बार हिदायत देती रही कि धकियाने, पटकने, मारने पीटने की बात का जिक्र नहीं करना है वरना परेशान हो जाएगा और पढ़ाई छोड़ कर बीच में ही चल देगा! लाइन मिली रात को दस बजे के बाद! स्वर पर संयम रखते हुए, रघुनाथ ने विस्तार से सब कुछ बताते हुए उससे राय माँगी। यह भी कहा कि यहाँ से कैलिफोर्निया की लाइन नहीं मिलती, संजू से भी सलाह लेकर बताना!

राजू ने सुनते ही बीच में टोक कर कहा—"क्यों मरे जा रहे हैं जमीन को लेकर? छोड़िए उसे और सुनिए, भाभी बनारस आ गई हैं अशोक नगर में। ज्वाइन कर लिया है यूनिवर्सिटी में। आप माँ को लेकर चले जाइए और वहीं रहिए और सुनिए..."

सुनने से पहले ही फोन रख दिया रघुनाथ ने! वे माथा पकड़ कर वहीं बैठ गए!

"क्यों, क्या हुआ?" शीला ने पूछा!

"हुआ क्या? अब सम्भालो उसे। उड़ कर आ रहा है हवाई जहाज से! आते ही गोली मार देगा नरेश को! वह सब बर्दाश्त कर लेगा, बाप की

बेइज्जती बर्दाश्त नहीं करेगा...''

''अरे रोको, रोको उसे!''

''उसे तो रोक देंगे, संजय को कैसे रोकेंगे? वह तो वहीं से मिसाइल मारेगा उसके घर पर?''

शीला को सन्देह हुआ अपनी समझ पर और वह चुप होकर उन्हें देखने लगी!

''सालो!'' कहते कहते उन्होंने सिर उठा कर शीला को देखा—''मुझे डर था इसीलिए मैं बात नहीं कर रहा था लेकिन तुम्हारे कहने पर की। मैं इतना बेवकूफ नहीं था कि मेरे दिमाग में न आया हो। लेकिन तुम्हारी जिद पर किया! जाने कहाँ से इतने नालायक और निकम्मे लड़के पैदा हो गए—साले! पिछले जनम के पाप!...मैंने तीस पैंतीस साल नौकरी की, लाखों कमाए और आज हाथ में एक पैसा नहीं! इस हाथ आए, उस हाथ गए। पूछो कि कहाँ गए तो नहीं बता सकता। और यह जमीन? आज भी जहाँ की तहाँ है! रत्ती भर भी टस से मस नहीं हुई अपनी जगह से! इसने तुम्हारे आजा को खिलाया, दादा परदादा को खिलाया, बाप को खिलाया, तुम्हें खिलाया, यही नहीं, तुम्हारे बेटों और नाती पोतों को भी खिलाएगी! तुम करोड़ों कमाओगे लेकिन रुपैया और डालर नहीं खाओगे। भगवान न करे कि वह दिन आए जब बैंक चावल दाल के दाने बाँटे।'' उन्होंने जाँघ पर मुक्का मारा शीला की ओर ताकते हुए—''साले, तुम लोग बड़े हुए हो अपनी माँ का दूध पीकर। और तुम्हारी माँ की महतारी है यह जमीन। चावल, दाल, गेहूँ, तेल, पानी, नमक इसी जमीन के दूध हैं। और बोलते हो कि हटाइए उसे? छोड़िए उसे?''

गुस्से में रघुनाथ क्या क्या बोलते रहे, उन्हें खुद कुछ पता नहीं।

किसी तरह शीला ने उन्हें सम्भाला और पकड़ कर आँगन में ले गई—''जाओ, सो जाओ। सोचो मत।''

6

इन्हीं दिनों रघुनाथ को एक इलहाम हुआ।

कि 'शरीफ' इंसान का मतलब है निरर्थक आदमी; भले आदमी का मतलब है 'कायर' आदमी। जब कोई आपको 'विद्वान' कहे तो उसका अर्थ 'मूर्ख' समझिए, और जब कोई 'सम्मानित' कहे तो 'दयनीय' समझिए।

उन्हें हर जगह यही कहा गया और उनका कोई काम नहीं किया गया! उन्हें हर जगह 'हट हट' और 'दुर दुर' किया गया। वे उस 'बकरी' या 'गाय' की तरह हैं जो सिर्फ 'में में' या 'बाँ बाँ' कर सकती है, मार नहीं सकती! यही उनकी छवि है सबके आगे—मिमियाने घिघियाने वाले मास्टर की। यह उनकी छवि नहीं है—यही हैं वे।

वे इस छवि को तोड़ने की सोच ही रहे थे कि बब्बन सिंह ने वह अवसर दे दिया!

उस समय रघुनाथ अपने खलिहान में थे। वे मचिया पर बैठे थे और सामने सनेही अपने और उनके हिस्से का गेहूँ तौल रहा था। बगल से गुजरते हुए बब्बन खड़े हो गए! गाँव के सबसे बुजुर्ग और मानिन्द। गाँव ही नहीं, पास पड़ोस में भी कहीं विवाद होता तो एक पंच के रूप में किसी न किसी पार्टी की ओर से वह भी होते! यह अलग बात है कि वे मामला सुलझाने के बजाय और उलझा कर आते! यह उन्हें अच्छा नहीं लगा था कि रघुनाथ जाने कहाँ कहाँ दौड़े, उनके पास नहीं आए! रघुनाथ ने उन्हें देखा लेकिन कोई भाव नहीं दिया!

"मास्टर!" उन्होंने आवाज दी!

रघुनाथ पास गए और प्रणाम किया!

"जमीन तुम्हारी है, गाँव समाज या नरेश का उससे क्या लेना देना? दूसरा कोई कैसे कब्जा कर लेगा?"

"इतना तो मैं भी जानता हूँ!"

"जानते हो तो विधायक जी से क्यों नहीं मिलते?"

"किस विधायक से?"

"अरे वही, अपने कालेज के मैनेजर?"

माथा ठनका रघुनाथ का। इसका मतलब इस पूरे मामले के तार वहाँ से भी जुड़े हैं। संजय की शादी से! उसे उन्हें रिटायर करने और पेन्शन रुकवाने से ही सन्तोष नहीं हुआ—और ये हैं घराने के सबसे बुजुर्ग और मानिन्द जो नरेश को न समझा कर मुझे समझा रहे हैं? और समझा ही नहीं रहे हैं उसमें 'रस' ले रहे हैं! इसी समय रघुनाथ के दिमाग़ में एक 'खल' विचार आया!

"कक्का!' वे बब्बन का हाथ पकड़ कर थोड़ी दूर ले गए—"आप से एक सलाह लेना चाहता था कई दिनों से! जब आप मिल ही गए हैं तो कहिए यहीं पूछ लूँ?"

"बोलो, बोलो!"

"मन तो नहीं बनाया है लेकिन कभी कभी सोचता हूँ वह जमीन ही बेच दूँ!"

बब्बन उन्हें आश्चर्य से देखते रहे—"तुम्हें पता है कितनी कीमती है वह जमीन? आबादी के अन्दर की? कितने काम की? उसे बेचना सोना बेचने जैसा है! और बेचोगे क्यों?"

"सिरदर्द रखने से क्या फायदा?"

"यही तो चाहता है नरेश।"

"लेकिन उसे नहीं बेचना है। उसने जो किया है मेरे साथ, उसे कैसे भूल सकता हूँ?"

"तो फिर?"

"फिर क्या? अभी तो यही सोचा है कि उसे नहीं देना है, बाकी तो घर है, गाँव है, आप चाहेंगे तो आप भी हैं। देखा जाएगा, कोई जल्दी थोड़े है?"

बब्बन थोड़े गम्भीर हुए—"और उसके कब्जे का क्या करोगे?"

"कब्जे का क्या, खूँटा है। और कुछ नहीं तो जो उखाड़ कर फेंक देगा,

उसे भी दे सकता हूँ। मैनेजर साहब भी तो खोलना चाहते हैं बच्चों के लिए अंग्रेजी स्कूल? इसी इलाके में कहीं? यहीं खोलें?

"अरे, गाँव घर के लोग मर गए हैं क्या कि बाहर के आदमी को दोगे?"

"नहीं, एक बात कह रहा हूँ! अभी कुछ तय थोड़े है!" रघुनाथ ने धीरे से कहा—"मैं दान तो कर नहीं रहा हूँ किसी को? जब वाजिब और सही मिलेगा तभी न?"

"तुम तो गाँव में फौजदारी करा दोगे मास्टर!" चिन्तित होते हुए बब्बन बोले!

"मैं क्या कराऊँगा? जब वे खुद ही करने पर उतारू हों तो कोई क्या कर सकता है?" रघुनाथ ने उनके कान के पास मुँह ले जाकर कहा— "लेकिन ये बातें अपने तक रखने की हैं। दुनिया भर के लोग आते रहते हैं आपके पास! क्या फायदा कहने से? है न? तो चलें..."

रघुनाथ खलिहान की ओर मुड़ गए। सनेही ने दूसरी बार पूछा था कि गेहूँ के गल्ले को बखार में आज ही रख दें या कल के लिए छोड़े। शीला का कहना था कि अरहर और सरसों भी बँट जाएँ तो सभी बारी बारी से रख दिए जाएँ। रघुनाथ ने निर्णय शीला पर छोड़ा और बरामदे में जाकर बैठ गए! शीला भी पीछे पीछे आई—"क्यों लसरिया रहे थे उनसे? सारी खुराफात की जड़ तो वही हैं।"

"तुम चुप रह कर तमाशा देखो! मैंने काफी मसाला दे दिया है उन्हें। अब कल से यहाँ बैठकी लगाना शुरू कर देंगे लोग!" रघुनाथ के चेहरे पर राहत और सन्तोष की चमक थी। शीला ने उखड़े मन से पूछा—"तुम जमीन बेचने की बात कर रहे थे उनसे?" रघुनाथ हँसे—"बात ही कर रहा था, बेच नहीं रहा था। बेचना भी नहीं है मुझे! मेरी अपनी कमाई चीज है भी नहीं कि बेचूं! बाप दादा के पास और उनके पुरखों के पास भी कैसे आई होगी, वही जानते होंगे! लेकिन ये लोग न खुद चैन से रहेंगे, न कोई रहना चाहेगा तो रहने देंगे!...अब यही देखो, मेरा अपना कसूर कहाँ है? संजय ने शादी की। वहाँ की, जहाँ चाहा, जहाँ उसे अपना हित दिखा, भविष्य दिखा! मुझे भी अच्छा नहीं लगा लेकिन उसकी अपनी पसन्द और अपनी जिन्दगी; हम क्या कर सकते थे? लेकिन उसकी सजा मैनेजर ने मुझे दी! फालतू में! मैंने भी कहा—ठीक है, गाँव पर रहेंगे—सुख और शांति से। न ऊधो का लेना, न माधो का देना! एक समय था कि खेत खलिहान के सिवा

कुछ नहीं था यहाँ—न अखबार था, न बिजली थी, न फोन था, न टी.वी. थी। आज सब है और पैदावार भी इतनी है कि हम दो के लिए किसी के आगे हाथ नहीं फैलाना है। रही बाकी जरूरतें तो आज नहीं, कल पेंशन मिलेगी ही, देर भले हो! फिर किस बात का गम? क्यों?"

रघुनाथ ने मुसकराते हुए शीला को देखा—"और हर सुख दुःख में हमेशा साथ देने वाली बीवी अभी जीवित है।" उन्होंने उसे खींचा और अपने पास बिठा लिया! वह शरमाते हुए उनके पास बैठी रही और वे उसे एकटक देखते रहे—"शीला, इन सब चीजों के सहारे जिन्दगी तो काटी जा सकती है, जी नहीं जा सकती!" सहसा उनकी आवाज भारी और उदास हो गई—"शीला, हमारे तीन बच्चे हैं लेकिन पता नहीं क्यों, कभी कभी मेरे भीतर ऐसी हूक उठती है जैसे लगता है—मेरी औरत बाँझ है और मैं निःसन्तान पिता हूँ! माँ और पिता होने का सुख नहीं जाना हमने! हमने न बेटे की शादी देखी, न बेटी की! न बहू देखी, न होने वाला दामाद देखा। हम ऐसे अभागे माँ बाप हैं जिसे उनका बेटा अपने विवाह की सूचना देता है और बेटी धौंस देती है कि इजाजत नहीं दोगे तो न्यौता नहीं दूँगी। और अब तुम्हारी नजर टिकी है राजू पर—कि सारी साधें वही पूरा करेगा। निहाल कर देगा तुम्हें। ऐसा कोई भ्रम हो तो निकाल दो अपने दिमाग से। मुझे पता है कि वह इनसे भी आगे जा रहा है! उसने एक ऐसी विधवा लड़की ढूँढ़ निकाली है जिसके दो साल का बच्चा है। यही नहीं, वह कोई अच्छी खासी सर्विस भी कर रही है। उसी के पैसे से दिल्ली में ऐश कर रहा है। मोटरबाइक ले ही गया है मस्ती के लिए। बच्चा पालना और ऐश करना—दो ही काम है उसके। गए थे डोनेशन की रकम लेकर, आज तक पता नहीं चल सका कि ऐडमिशन लिया भी या नहीं।"

"तुम इतना सब जानते थे, कभी बताया क्यों नहीं?"

"क्या कर लेतीं तुम? क्या करता बता कर? शीला, मैं जानता हूँ उसे। पढ़ने में कभी दिलचस्पी नहीं रही उसकी! अपने बाप से किस तेवर में बातें करता है, इसे देखा है तुमने! वह 'शार्टकट' से बड़ा आदमी बनना चाहता है! उसके लिए बड़ा आदमी का मतलब है 'धनवान' आदमी। और वह भी बिना खून पसीना बहाए, बिना मेहनत के। वह महत्वाकांक्षी लड़का है लेकिन लालच को ही महत्वाकांक्षा समझता है! वह बहुत कुछ हासिल करना चाहता है—आनन फानन में लेकिन बिना पढ़े लिखे, बिना अच्छे नम्बर लाए, डिवीजन

लाए, बिना प्रतियोगिताएँ दिए, बिना खटे और नौकरी किए। मुझे नहीं पता, वह लड़की इसे कैसे मिली? कहाँ मिली? हो सकता है उसे भी किसी मर्द की तलाश रही हो। इतना पता जरूर है कि डेढ़ साल पहले किसी सड़क दुर्घटना में उसका पति मरा था! इस लड़की का अपना फ्लैट है, कार है, आफिस के काम से सिंगापुर, बैंकाक भी आती जाती रहती है और वह उसका बच्चा सम्भालता है और घर अगोरता है। जैसे हम नहीं जानते, वैसे ही वह नहीं जानती कि इसके मन में क्या है, इसके इरादे क्या हैं?''

''तुम्हें इतना सब कैसे मालूम?'

''यह न पूछो। नोएडा में मेरे भी अपने आदमी हैं जो आते जाते रहते हैं।''

शीला चिन्तित हो उठी—''सारे दुख इसी बुढ़ापे में देखने बदे थे क्या? एक बेटा परदेस में, पता नहीं, कब आएगा; दूसरा यहाँ लेकिन उसका भी वही हाल। बल्कि उससे भी खराब! और इधर बाप की अलग मुसीबत। गाँव छोड़ें तो जान बचे, नहीं मारे जाएँ। न कोई देखने वाला, न सुनने वाला! जाने किस मनहूस की नजर लग गई है इस घर को?

रघुनाथ को वहीं अकेला छोड़ कर वह चुपचाप अन्दर गई और लेट गई!

7

घर में फोन अब जी का जंजाल हो गया था! जब रघुनाथ ने कनेक्शन लिया था तो राजू की जिद पर—कि संजू अमेरिका से जब बात करना चाहेगा तो कैसे करेगा? कोई संदेश ही देना हो तो? भाभी ही मम्मी से कुछ बोलना या पूछना चाहें तो? मुझे ही कोई सलाह लेनी हो तो? चिट्ठी पत्री कौन लिखता है आज? किसके पास इतना फालतू समय है? और सरला दीदी भी तो हैं शहर में, उनसे नहीं बात करनी है क्या आप और मम्मी को?...तो हर हाल में जरूरी है यह। गाँव में ही बेमतलब थोड़े लिए हैं लोगों ने?

फोन लगा तो राजू के लिए। जब भी घर में रहता था, जुटा रहता था उस पर—कभी इस दोस्त को, कभी उस दोस्त को। संजू की तो लाइन ही नहीं मिलती थी! हाँ, कभी कभी सरला जरूर मिल जाती थी! अब, जब राजू बाहर है तो फोन उसी तरह बेकार पड़ा था जैसे चरनी और खूँटा या हल और हेंगा!

इसीलिए रात में जब फोन की घंटी बजी तो रघुनाथ और शीला ने डर कर एक दूसरे को देखा! घंटी बज कर बन्द हो गई, उनमें से किसी ने उत्साह नहीं दिखाया! जब दूसरी बार बजी तब रघुनाथ उठे और रिसीवर उठाया—"हलो!"

दूसरी तरफ से स्वर सोनल का था। पहचाना उन्होंने। देर तक सुनते रहे फिर शीला को रिसीवर पकड़ा दिया! और माथे पर हाथ रख कर चुपचाप बैठ गए!

थोड़ी देर बाद दोनों तरफ से सुबकने की आवाज सुनाई पड़ी उन्हें!

वे उठे और अपने बिस्तर पर आ गए!

रिसीवर रख कर शीला भी आई और अपने बिस्तरे पर बैठ गई!

''वह कल आ रही है हमें ले जाने के लिए!''

''तुम्हें जाना हो जाओ, मुझे नहीं जाना!''

''बहुत रो रही थी! पूछ रही थी कि हमारी कौन सी ऐसी गलती है कि देखने के लिए आना तो दूर, आप लोगों ने फोन तक नहीं किया?''

''उसने किया फोन? हम सपना देख रहे हैं कि महारानी लौट आई हैं अपने देश? आकाशवाणी हुई थी उनके आगमन की?''

''यह तो न बोलो। राजू ने नहीं बताया था?''

''मैं किसी राजू फाजू को नहीं जानता! उसने क्यों नहीं किया? बाप को कर सकती थी, ससुर को नहीं कर सकती? बाप को बुलाया, ज्वाइन किया, अशोक विहार आई, इतने दिन से रह रही है, बीच में पापा मम्मी नहीं याद आए, आज याद आ रहे हैं! ऐसे ही तो नहीं याद आए हैं कोई बात होगी जरूर!

''रो रो कर कह रही थी कि मैं पापा मम्मी के बिना नहीं रह सकती!''

''झूठ बोलती है! फुसला रही है तुम्हें हमें। जानती ही कितना है हमें? न कभी देखा है, न मिली है वह क्या जाने पापा मम्मी को? मैं तो जानता भी नहीं कि मेरे कोई बहू है!''

''बहू न सही, बेटा तो है! न जाएँ तो वह क्या सोचेगा?''

''भाड़ में जाय बेटा बेटी बहू—दुनिया! सबकी चिन्ता करने के लिए हमीं हैं? ''रघुनाथ खासे तनाव में आ गए!''

''उसे तो चिन्ता है कि लोग क्या कहेंगे? सास ससुर गाँव में पड़े हैं और बहू शहर में मजे कर रही है।''

''यह तुम कह रही हो—अपने मन से। समझा? कुछ कहलाओ मत मुझसे!'' रघुनाथ उठे और आँगन में टहलने लगे।

नींद गायब हो चुकी थी उनकी! वे कोई निर्णय नहीं कर पा रहे थे। वे गाँव से आजिज भी आ गए थे लेकिन उसे छोड़ना भी नहीं चाहते थे! मन शहर और कालोनी की ओर बहक रहा था—जीवन के नएपन की ओर, नई जिन्दगी की ओर, साफ सुथरे पक्के मकानों और कोलतार पुती सड़कों की ओर, गंगा के घाटों की ओर, अनजाने नए सम्बन्धों की ओर। ये आकर्षण थे मन के लेकिन उधर जाने में हिचक भी रहा था मन कि कहीं ऐसा न

हो कि पिछवाड़े की जमीन हाथ से निकल जाय, बिना रख रखाव के मकान ढह जाय, सनेही चोरी और बेइमानी शुरू न कर दे, कहीं लोग हमेशा के लिए गाँव से गया न मान लें। और ऐसा कहने वाले भी तो कम न होंगे कि देवेश ने एँड़ क्या लगाई कि गाँव ही छोड़ कर भाग गए। इससे बड़ी जगहँसाई और क्या हो सकती है?

वे आँगन का चक्कर काटते हुए वहाँ खड़े हो गए जहाँ से खपरैलों से ऊपर उठता चाँद नजर आ रहा था। वे उसे ऐसे देखने लगे जैसे गाँव छोड़ने के बाद फिर नहीं दिखेगा—या उससे पूछ रहे हों कि तुम्हीं बोलो—क्या करना चाहिए?

यह चैत महीने की रात थी! दशरथ यादव ने अपने दरवाजे के सामने नया नया शिव मंदिर बनवाया था! पिछले दस घंटे से वहाँ अखंड हरिकीर्तन चल रहा था। कीर्तनियों ने मंदिर के बगल में खड़े नीम के पेड़ पर लाउडस्पीकर बाँध रखा था और पूरा गाँव 'हरे राम, जै जै राम' से गूँज रहा था! यह एकरस और उबाऊ गूँज उनके मन को बोझिल बना रही थी!

"तुम जाओ, मैं यहीं रहूँगा अपने घर! सुना?" उन्होंने ऊँची आवाज में शीला से कहा!

"तुम्हें अकेला छोड़ कर? ना बाबा ना, पता नहीं क्या हो जाय यहाँ?" शीला वहीं से बोली—"और वह भी तो घर ही है। संजू क्या कहता था? हम चाहते हैं कि पापा मम्मी के अंतिम दिन काशी में बीतें। चैन से बीतें। जब समय आया है तो ना नुकुर कर रहे हो? सोनल पराई नहीं, बहू है हमारी!"

"तुम समझती क्यों नहीं? सोनल बहू है लेकिन घर बहू का है, हमारा नहीं! किस हैसियत से जाऊँ मैं? मेहमान बन कर? किराएदार बन कर? किस हैसियत से?"

इस ओर ध्यान नहीं गया था शीला का। वह थोड़ी देर के लिए तो अचकचाई फिर बोली—"ठीक है, उसका घर है मगर संजू तो है न? वह तो हमारा बेटा है। देर सबेर तो आना ही है उसे! राजू से उसी ने कहा था न कि पापा मम्मी को भेज दो। और सोचो तो बहू का घर क्या हमारा घर नहीं है!"

रघुनाथ चुप रहे! कुछ नहीं बोले।

"देखो, हम चलें। ऐसा नहीं कि यह घर छोड़ कर जा रहे हैं। कभी भी लौट आएँगे इसमें! जब परेशानी होगी तो आ जाएँगे! खेती का जिम्मा

दे ही दिया है सनेही को! रह गया है घर तो दस बिस्सा खेत और दे दो गनपत को। कमरे सब बन्द करके दरवाजे की ताली उसे दे दो। साफ सफाई और देखभाल करता रहेगा।"

शीला की बात में दम दिखाई पड़ा रघुनाथ को। उन्हें चार दिन बाद जाना भी था पेंशन के काम से। दिक्कत केवल यही थी कि गनपत मिर्जापुर गया था अपने बेटे के पास!

"तो ऐसा करो शीला, तुम तो सोनल के पास कल जाओ! मैं यहाँ की व्यवस्था करके पाँचवें दिन पहुँचूँगा! पेंशन आफिस में अपना काम निपटा कर सीधे अशोक नगर आ जाऊँगा! कोई जरूरी बात हो तो फोन पर खबर कर देना! अरे हाँ, फोन का कनेक्शन भी तो कटवाना पड़ेगा! खैर, अपनी तैयारी करो तुम—गेहूँ, चावल, दाल, घी अचार। थोड़ा बहुत जो ले जा सको, ले जाओ!"

8

रघुनाथ ने कहा था पाँच दिन लेकिन लग गए पचास दिन!

इसमें उनका कोई दोष नहीं था। सोचा था कि जब जाना ही है तो यहाँ की सारी समस्याएँ निपटा कर जाएँ, यह न हो कि रहें वहाँ और मन लगा रहे यहाँ!

बहुत सोच विचार कर उन्होंने फैसला किया कि रुकी हुई पेंशन हो या आबादी की जमीन जब इन दोनों की जड़ में मैनेजर ही हैं तो उनसे एक बार मिल लेने में हर्ज ही क्या है? अगर इतने से ही उनका 'ईगो' तुष्ट होता हो तो यह कहने में क्या बुरा है कि आज हम जो कुछ हैं, आप के ही कारण हैं, नौकरी न दी होती तो जाने कहाँ होते? जब बनाया है तो बिगाड़िए मत।

अब स्थितियाँ भी बदल गई थीं। मैनेजर की बेटी की शादी हो चुकी थी वनमंत्री के ठेकेदार बेटे से। वे पड़ोस के जिले के थे। मैनेजर से ऊँचे स्टेटस के। अब रघुनाथ से शिकायत की कोई वजह भी नहीं रह गई थी! वे मिठाइयों के पैकेट और सेब, संतरे और अंगूर के साथ जब पहुँचे तो मैनेजर—जिन्हें लोग 'सरकार' बोलते थे, अच्छे मूड में थे। रघुनाथ को देखते ही उन्होंने चुहल के अंदाज में कहा—"मास्टर! तुम्हारी सेहत देख कर लगता है, तुम्हें शुरू से ही तनख्वाह न लेकर पेंशन ही लेनी चाहिए थी! जवानी तो अब आई है तुम पर!"

"सरकार!" रघुनाथ के मुँह से निकला और वे रो पड़े!

"क्यों? क्या हुआ? अब तक 'नोड्यूज' क्लियर नहीं किया क्या?" मैनेजर ने चौंक कर पूछा और प्रिंसिपल को फोन किया—फिर कहा—"जाइए,

चिन्ता मत कीजिए, हो जाएगा? और कुछ?''

रघुनाथ ने नरेश और बब्बन सिंह का पूरा किस्सा बताया! वे चुपचाप सुनते रहे। थोड़ी देर बाद बोले—''जब ये आपके घर के थे तो बँटाई पर इन्हें न देकर बाहर के आदमी को क्यों दिया? गलती तो आप की भी है!''

रघुनाथ कुछ नहीं बोले। उनसे यह बताना बहुत मुनासिब नहीं लगा कि बाहर के आदमी को तो कभी भी हटाया या भगाया जा सकता है लेकिन इन्हें मुश्किल होता! उन्होंने इतना भर कहा—''हाँ, गलती तो हो गई! अब कुछ किया भी तो नहीं जा सकता!''

''आप समस्याएँ खड़ी करते रहिए और मैं निपटारा करता रहूँ, यही न?'' मैनेजर ने एस.डी.एम. को फोन किया और इशारे से कुछ समझाया!

रघुनाथ इस दौरान सिर झुकाए बैठे रहे!

''अब किस सोच में हैं? जाइए और बब्बन सिंह को भेज दीजिएगा!'' वे उठे और बाथरूम में चले गए! जाते जाते कहा—''हो सकता है, एस.डी.एम. आफिस दौड़ना पड़े कुछ एक बार! दौड़ाए और आपसे कुछ कहे तो उसके आगे बहुत सिद्धांतवादी बनने की जरूरत नहीं है! सबकी कुछ न कुछ मजबूरियाँ होती हैं। ठीक?''

बीस पच्चीस दिन के जद्दोजहद के बाद एक दिन एस.डी.एम. दो सिपाहियों और लेखपाल के साथ आया—जरीब और गाँव का नक्शा लेकर और सबके सामने जमीन की पैमाइश की! अबकी जमीन का वह हिस्सा भी रघुनाथ के हक में निकला जिसमें नरेश का घर दुआर था! इसका मतलब था कि रघुनाथ चाहें तो नरेश का घर दुआर गिरा दें या रहने दें या उतनी जमीन की कीमत वसूल करें।

इसे रघुनाथ की भलमनसाहत पर छोड़ दिया गया!

यह उनकी बड़ी सफलता थी—निश्चिन्तता भी! पापड़ तो बहुत बेले लेकिन सम्मान लौट आया! अब वे बनारस जा सकते थे महीने दो महीने के लिए। अगर मन वहाँ लग गया तो संदेश और फोना फोनी से भी काम चल जाएगा!

उन्होंने जाने की तैयारियाँ शुरू कर दीं और तैयारियाँ क्या करनी थीं—राशन फिलहाल के लिए चला ही गया था। दो छोटी छोटी बोरियों में अलग अलग आलू और प्याज! चार बजे की बस के लिए इसी की तैयारी

कर रहे थे कि बाहर डाँट डपट की आवाज सुनाई पड़ी!

निकले तो देखा—जगनारायण यानी जग्गन। काफी उखड़े हुए और नाराज। उनके एक हाथ में कल्लू का कान है और दूसरे हाथ में दो अधपके आम! डरे हुए कल्लू को पकड़े हुए वे सनेही के झोपड़े के आगे खड़े हैं—"सनेही? सनेहिया रे!"

अन्दर से सनेही की औरत निकली—"क्या है मालिक?"

"तुम औरत जात! तुमसे क्या बात करें? सनेही को भेजो!"

उसने झपट कर कल्लू को खींचा, दो लप्पड़ और मुक्के मारे और धकियाते हुए अन्दर ठेल दिया। वह चीखता चिल्लाता अन्दर चला गया!

मामला समझते देर नहीं लगी रघुनाथ को! घराने में सबके दरवाजों के आगे नीम के पेड़ हैं, अकेले वही हैं जिनके दरवाजे के सामने आम का पेड़ है। टिकोरे लगने से लेकर उसके पकने तक जिसकी नौबत शायद ही कभी आती हो—घराने के लड़के बच्चे हाथ में ढेले छिपाए उसके इर्द गिर्द मँडराते रहते हैं और जग्गन तब तक उसके नीचे खटिया डाले पड़े रहते हैं जब तक गर्मी बर्दाश्त के लायक रहती है! घराने भर की चटनी अचार का काम—उनके लाख एहतियात के बावजूद उसी से चलता है! इधर से ढेले चलते हैं, उधर से जग्गन पकड़ने की घात में रहते हैं। एक को पकड़ते हैं, तीन मौका पा जाते हैं। उनकी और बच्चों की यह व्यस्तताएँ कभी कभी डेढ़ दो महीने तक चल जाती हैं।

"आओ आओ जग्गन! हमसे बताओ क्या बात है?"

"काकी हैं ही नहीं, आएँ तो क्या आएँ आपके यहाँ?"

"आओ तो, बैठो तो सही!" उन्होंने जग्गन को सामने की खटिया पर बैठने का इशारा किया और आवाज दी झोपड़े के आगे खड़ी सनेही की औरत को—"जग्गन को सतुए का घोल तो पिलाओ। सुराही के पानी में बनाना!"

जग्गन थोड़े सहज हुए और बैठ गए, फिर अपनी लुंगी के फेंटे से सुर्ती की डिबिया निकाली और मलने लगे। बोले—"मास्टर कक्का, आपने यह भारी गलती की! कोइरी कहार को अपने बीच में बसा के आपने भारी गलती की!"

"इसमें गलती क्या है?"

"अरे? आपको दिखाई ही नहीं पड़ती है? इसी रास्ते हम दिन रात आते

जाते हैं, ये बैठे हैं तो बैठे हैं; लेटे हैं तो लेटे हैं। बड़ों के बीच रहने का सहूर नहीं! और इनके बच्चे?..."

बीच में ही रघुनाथ ने टोक दिया—"देखो जग्गन, फालतू हैं ये बातें। समय बहुत बदल गया है! आज मानसिक रूप से विकलांग ही ऐसी बातें करते हैं। किस बात के बड़े हैं हम तुम? पुरखों की जमीन और जाति के भरोसे? छब्बू की हत्या के बाद भी यह भ्रम पाले हो तो पाले रहो! पिछले दिनों तुमने ही अपने खेत बेचे। ठाकुरों में ही किसी ने क्यों नहीं खरीदा? चाहते तो यही थे तुम, लेकिन तुम्हें नगद चाहिए था बेटी की शादी के लिए; क्यों नहीं खरीदा? खरीदा तो आखिर जसवंत ही ने! आज भी हमारी तुम्हारी खेती उसके भरोसे होती है, ट्रैक्टर उसके पास है, रुपए उसके पास हैं! विधायक उसके हैं, साँसद उसके हैं, सरकार उसकी है, वे आते भी उसी के पास हैं, किसी काम के लिए सिफारिश भी करवानी होती है तो आप उसी के पास जाते हैं फिर भी बड़े हैं आप? ऐसी गलतफहमी पालनी है तो पाले रहो! हाँ, यह जरूर है कि वह दूसरे गाँव का है, पराया है, अधिया पर देना ही था तो उसके बजाय किसी अपने को देना चाहिए था। अब तुम्हीं बताओ, कौन अपना है जिसे देता?"

जग्गन पशोपेश में चुप रह गए। रघुनाथ का निकटतम पड़ोसी था नरेश—उन्हीं के भाई का बेटा जिसकी नजर बराबर पिछवाड़े की जमीन पर थी।

थोड़ी देर इंतजार के बाद रघुनाथ फिर बोले—"देखो जग्गन, 'परायों' में अपने मिल जाते हैं लेकिन 'अपनों' में अपने नहीं मिलते। ऐसा नहीं कि अपने नहीं थे—थे लेकिन तब जब समाज था, परिवार थे, रिश्ते नाते थे, जब भावना थी! भावना यह थी कि यह भाई है, यह भतीजा है, भतीजी है, यह कक्का है, यह काकी है, यह बुआ है, भाभी है। भावना में कमी होती थी तो उसे पूरी कर देती थी लोक लाज कि यह या ऐसा नहीं करेंगे तो लोग क्या कहेंगे? धुरी भावना थी, गणित नहीं, लेन देन नहीं!" इसी बीच सत्तू का घोल दे गई सनेही की औरत, रघुनाथ चुप हो गए। उसके जाने के बाद फिर शुरू किया—"अब तुम्हीं बताओ, नरेश से अधिक कौन अपना था? सोचा था, उसको देकर निश्चिन्त हो जाऊँगा। हालाँकि उसकी नीयत पर शक था—बहुत पहले से। और उसे न देकर अच्छा ही किया वरना वह दिन भी आता जब अपने खेत में क्या, गाँव में ही मुझे घुसने न देता।

और कहने की जरूरत नहीं कि उस वक्त तुम भी मेरा नहीं, उसका साथ देते!...हाँ, सनेही को मैं जानता हूँ। वह अपने काम से काम रखने वाला आदमी है। तुम्हें या किसी को कोई शिकायत हो तो बताना! मौका ही नहीं देगा, बताओगे क्या?''

तीन

1

वह घर जिसे राँची के प्रोफेसर राजीव सक्सेना ने रिटायर होने के बाद अपने रहने के लिए बनारस में बनवाया था और जिसे अपनी बेटी सोनल के नाम कर दिया था, वह 'अशोक विहार' में था।

बनारस में मुहल्ले थे, नगर, विहार और कालोनियाँ नहीं। इनका निर्माण शुरू हुआ 1980-90 के आसपास जब पूर्वांचल और बिहार में भू माफियाओं और बाहुबलियों का उदय हुआ! उन्होंने नगर के दक्खिन, पच्छिम और उत्तर बसे गाँव के गाँव खरीदे और उनकी 'प्लाटिंग' करके बेचना शुरू किया! देखते देखते पन्द्रह बीस वर्षों के अन्दर गाँव के वजूद खत्म हो गए और उनकी जगह नए नए नामों के साथ नगर, कालोनियाँ और विहार बस गए!

यह नया बनारस था—महानगरों की तर्ज का।

मुहल्लों में रहने वाले मुहल्लों और महालों में ही रहे—अपने पुश्तैनी काम धंधों, दुकानों, रोजगारों और घाटों के साथ लेकिन इन कालोनियों में बसने वाले ज्यादातर नए नागरिक थे!

ये बाहर से आए थे। आसपास के जनपदों से! जिलों से! सौ पचास किलोमीटर की दूरी से! इनके अपने गाँव थे, थोड़ी बहुत जमीन थी, खेती बारी थी। उन्हें समय समय पर बनारस आना ही पड़ता था—कभी कोर्ट कचहरी के काम से, कभी अस्पताल के काम से, कभी तीरथ बरत के लिए, कभी शादी ब्याह की खरीददारी के लिए, कभी बच्चों के ऐडमीशन और पढ़ाई के लिए। बार बार आकर लौटने से बेहतर था कि यहाँ ठहरने और रुकने का एक स्थाई ठिकाना हो, एक डेरा हो।

लेकिन ऐसा सिर्फ उन्हीं के लिए सम्भव था जिनके पास अपनी कोई

छोटी मोटी नौकरी हो; और अगर वह नौकरी काफी न हो तो बेटों में से कम से कम एक बाहर कमा रहा हो जिसके बच्चे गाँव में बोर होते हों और वहाँ नहीं रहना चाहते, शहर के आदी हो गए हों और अपना हित उधर ही देखना चाहते हों।

हालाँकि गाँव में वह सब पहुँच रहा था धीरे धीरे, जो शहर में था–बिजली भी, नल भी, फ्रिज भी, फोन भी, टी.वी. भी, अखबार भी लेकिन वह मजा नहीं था जो शहर में था। मजा था भी तो उनके लिए जिनके पास ट्रैक्टर था, थ्रेशर था, पम्पिंग सेट था, बोलेरो या सफारी थी जो खेती पेट के लिए नहीं, व्यवसाय के लिए कर रहे थे, जो एक नहीं, एक ही साथ सभी राजनीतिक पार्टियों के हमदर्द और मददगार थे!

ऐसे लोगों की कालोनियाँ भी दूसरी दूसरी थीं–लम्बे चौड़े प्लाटों वाली!

लेकिन 'अशोक विहार' उनकी कालोनी थी जो अध्यापक थे, बाबू थे, दोयम दर्जे के सरकारी गैर सरकारी कर्मचारी थे और इससे भी खास बात यह कि जो या तो रिटायर हो चुके थे या निकट भविष्य में रिटायर होने वाले थे!

न तो अखबारों में कोई विज्ञापन था, न किसी नुक्कड़ पर इस आशय की होर्डिंग कि इस कालोनी के प्लाट उन्हीं को बेचे जाएँगे जो पचास पचपन से ऊपर के होंगे और जल्दी ही रिटायर होंगे लेकिन जाने यह कैसे हुआ कि जब कालोनी तैयार हुई तो पाया गया कि यह बूढ़ों की कालोनी है! ऐसे बूढ़े बूढ़ियों की जिनके बेटे बेटी अपनी बीवी और बच्चों के साथ परदेस में नौकरी कर रहे हैं–कोई कलकत्ता है, तो कोई दिल्ली, कोई मुम्बई तो कोई बँगलौर और कइयों के तो विदेश में।

इनका दुःख अपरम्पार था। इन्होंने बेटे बेटियों के लिए अपने गाँव छोड़े थे–अपनी जन्मभूमि–कि यह हमारे लिए तो ठीक, चाहे जैसे रह लें लेकिन उनके लिए नहीं। न बिजली, न पानी, न लिखने पढ़ने, न आने जाने की सुविधा! घर हो तो ऐसी जगह जहाँ से खेती बारी पर भी नजर रखी जा सके और बेटों बेटियों को भी असुविधा न हो! वे अपनी जगह जमीन, रिश्ते नाते, संगी साथी, बाग बगीचे, ताल तलैया छोड़ कर जिन सन्तानों के लिए आए, वे ही बाहर। इतने तक तो गनीमत थी। लेकिन अब हालत यह है कि जो जहाँ सर्विस कर रहा है, वह उसी नगर में रम गया है और वहाँ से लौट कर यहाँ नहीं आना चाहता। अगर वह आना भी चाहता है तो

उसके बच्चे नहीं आना चाहते!

लीजिए यह नई मुसीबत!

जिनके लिए बेघर हुए उन्हीं के अपने अलग घर!

यह नई मुसीबत न उन्हें जीने दे रही थी, न मरने दे रही थी। गाँव पर पुश्तैनी जमीन जायदाद। बाप दादों की धरोहर। न देखो तो कब दूसरे कब्जा कर लें, कहना मुश्किल। पुरखों ने तो एक एक कौड़ी बचा कर, पेट काट कर, जोड़ जोड़ कर जैसे तैसे जमीनें बढ़ाई ही, चार की पाँच ही कीं—तीन नहीं होने दीं और यहाँ यह हाल! जरा सा गाफिल हुए कि मेड़ गायब! महीने दो महीने में कम से कम एक बार गाँव का चक्कर लगाते रहो। देख लें लोग कि नहीं, हैं; ध्यान है। हाल चाल लेते रहो, कुशल मंगल पूछते रहो, खुशी गमी में जाते रहो, सबसे बनाए रखो। अधिया या बँटाई पर खेती करो तब भी। दिया बाती और घर दुआर की देख रेख के लिए कोई नौकर चाकर रखो तब भी!

उनके बेटों के बचपन गाँव में बीते थे। नगर में पढ़ाई के दौरान भी वे आते जाते रहते थे गाँव पर। उन्होंने खेती भले न की हो लेकिन उन्हें इतना पता था कि उनके खेत कहाँ कहाँ हैं, कौन कौन से हैं—धान के, गेहूँ के, दलहन के? उन्हें थोड़ी बहुत जानकारी थी। खेल या कुतूहल में ही सही बाप चाचा के साथ लगे रह कर उन्होंने अगोर की थी, बुआई कटाई देखी थी। लोग भी जानते थे कि यह फलाने का बेटा या भतीजा है। गाँव घर से माया मोह के लिए इतना कम नहीं था लेकिन उनके बच्चे? वे तो दादा दादी को छोड़ कर पहचानते ही किसको हैं? और दादा दादी को भी कितना पहचानते हैं? चिन्ता उसकी होती है जिससे मोह होता है, प्रेम होता है; जिससे प्रेम ही नहीं, परिचय और सम्बन्ध ही नहीं, उसकी क्या चिन्ता? खेत भी उसे पहचानते हैं जो उनके साथ जीता मरता है। वे खेतों को क्या पहचानेंगे, खेत ही उन्हें पहचानने से इनकार कर देंगे!

ये सारी बातें बेटों की नजर में 'बुढ़भस' थीं। आप माटी में ही पैदा हुए और एक दिन उसी माटी में मिल जाएँगे! कभी उससे छूटने या ऊपर उठने या आगे बढ़ने की बात ही आपके दिमाग में नहीं आई—क्योंकि उसमें भी गोबर नहीं तो माटी ही थी। क्या कर लिया खेती करके आपने? कौन सा तीर मार लिया? खाद महँगी, बीज महँगा, नहर में पानी नहीं, मौसम का भरोसा नहीं, बैल रहे नहीं, भाड़े पर ट्रैक्टर समय पर मिले, न मिले,

हलवाहे और मजूरे रहे नहीं—किसके भरोसे खेती करो? और खेती भी तब करो जब हाथ में बाहर से चार पैसे आएँ? क्या फायदा ऐसी खेती से?

असल चीज पैसा है! अगर हाथ में पैसा हो तो वे सारे जिन्स बिना कुछ किए बाजार में मिल जाते हैं जिनके लिए आप रात दिन खून पसीना एक करते हैं। बिना कुछ किए, बिना कहीं गए।

सारी जिच और सारा झगड़ा और सारा बवाल बेटों से उनका चल ही रहा था गाँव को लेकर, कि अब एक नई मुसीबत—'अशोक विहार' के मकान का क्या होगा? वे जहाँ हैं, वहाँ से आना नहीं चाहते!

ये हैं कि इनसे न गाँव छूट रहा है, न अशोक विहार—दुनिया भले छूट जाय!

2

इसी छोटे से अशोक विहार के लेन नं. 4 के डी-1 में अमेरिका से आई सोनल सक्सेना रघुवंशी।

तीन साल बाद।

उसके डैडी आए थे सोनल की 'सैण्ट्रो' पहुँचाने और विश्वविद्यालय में ज्वाइन कराने। इतना ही नहीं किया उन्होंने, हफ्ते भर रह कर घर ठीक ठाक किया, उसे सजाया, सँवारा, सुबह शाम बेटी को चाय पिलाई, उसकी दिनचर्या निर्धारित की और विदा होने से पहले उसे सलाह दी—''संजू के पापा मम्मी को बुला लो, वे काम आएँगे। घर भी देखेंगे और तुम्हारी भी मदद होगी!''

यही कहा था संजय ने भी अमेरिका से विदा करते समय—''हम दोनों भाई बाहर हैं, पापा मम्मी गाँव पर अकेले हैं। इस उमर में उन्हें सहारे की जरूरत है, उन्हें साथ रखना!''

यह पहली रात थी जब वह घर में अकेली थी। देर तक वह अपने बेडरूम में संगीत सुनती रही—एक कैसेट के बाद दूसरा कैसेट। शास्त्रीय से ऊबती तो अर्धशास्त्रीय, इससे भी ऊबती तो फिल्मी गाने! पढ़ती भी रहती, सुनती भी रहती! बिजली गुल करके सोने की आदत थी! बेडरूम को छोड़ कर बाकी कमरों की बत्तियाँ जली छोड़ दी और लेट गई।

सन्नाटे की भी अपनी आवाज होती है और वह सुहानी कम, डरावनी ज्यादा होती है! यही नहीं, ये आवाजें सुनाई ही नहीं, दिखाई भी पड़ती हैं। उसके घर के सामने ही पार्क था—बड़ा सा। पूरे मुहल्ले या कह लो, कालोनी का। जब से आई थी, तब से सुबह शाम देख रही थी! वह तीन साल से

ऐसी दुनिया में रह कर आई थी जहाँ अँधेरा नहीं होता था, जहाँ बूढ़े नहीं रहते थे, जहाँ हर चीज दौड़ती भागती उछलती कूदती नजर आती थी, जिसमें लपक चमक और कौंध थी, जहाँ जवान और जवानियाँ और तरह तरह के रंग थे, जहाँ कुछ भी अपनी जगह खड़ा और स्थिर नहीं दिखाई पड़ता था—और अब यह पार्क और यह कालोनी?

बूढ़ों, अपंगों और विकलांगों का यह विहार!

फरवरी के इस महीने में खिड़कियों और दरवाजों पर थाप देती बसंती हवा और पार्क में घिसटते उड़ते सूखे, झड़े, बेजान पत्तों की मरमर चरमर!

मान लो, किसी के घर में कोई चोर घुस आए—किसी के क्या, मेरे ही घर में चोर घुस आए और वह भी अकेले, बिना किसी साथी के, औजार के; डाकू घुस आए बिना राइफल बन्दूक के अकेले, रात बिरात तो छोड़ो, खड़ी दोपहर में; कोई बलात्कारी ही घुस आए दिन दहाड़े और मुझे उठा कर ले जाए पार्क में और मैं चिल्लाऊँ कि बचाओ! बचाओ! तो कौन सुनेगा? (ज्यादातर बूढ़े या तो बहरे हैं या ऊँचा सुनते हैं) कौन दौड़ेगा (ज्यादातर घुटनों और जोड़ों के दर्द से परेशान हैं) कौन देखेगा (ज्यादातर मोतियाबिन्द का आपरेशन कराके आँख पर हरी पट्टी बाँधे हैं), यह सब न कर सकें तो खड़ा होकर चिल्लाएँ तो सही (ज्यादातर की कमर झुकी है और मुँह में दाँत नहीं है, वे गुगुआ तो सकते हैं, चिल्ला नहीं सकते)।

इन ख्यालों से सोनल के रोंगटे खड़े हो गए! वह किसी अनजाने डर से सिहर सी उठी!

फिर सहसा ध्यान गया कुत्तों की ओर! कुत्ते बहुत थे कालोनी में—हर सड़क पर, प्रायः गेट के बाहर बैठे या घूमते दिखाई पड़ते थे लेकिन—यहाँ भी एक 'लेकिन' था। इतने दिनों में उसने किसी को भूंकते हुए नहीं सुना। उसी के मकान डी-1 के गेट पर ही एक भूरा बैठा रहता है लेकिन जब भी आओ, कहीं से आओ—गेट से चुपचाप हट जाता है और दूसरी जगह थोड़ी दूर पर बैठ जाता है!

कालोनी के बाशिन्दों के सिवा किराएदार भी हैं—प्रायः हर घर में! नीचे मालिक, ऊपर किराएदार! कुछ में देसी, कुछ में विदेशी—ज्यादातर जापानी, कोरियाई या थाई। विद्यार्थी या टूरिस्ट अपने काम से काम रखने वाले। इनके सिवा वे सरकारी कर्मचारी हैं जिनका किसी भी समय तबादला हो सकता है! यानी वे जिनके दिमाग में मकान कब्जा करने की बात न आए! ऐसे

लोगों को मुहल्ले के लोगों से क्या लेना देना, उन्हें खुद से ही फुर्सत नहीं।

इस तरह तो उसी का घर क्यों, कालोनी का कोई भी घर—यहाँ तक कि कालोनी की कालोनी दिन दहाड़े लूट के कोई ले जाय, रोकने टोकने वाले नहीं मिलेंगे।

सोचते सोचते उसे लगा कि यह सिर्फ एक खयाल नहीं है—एक 'हॉरर' फिल्म है जो उसकी आँखें देख रही हैं! वह खुद पार्क में फटते चिथड़ा होते जा रहे साड़ी ब्लाउज में इधर से उधर भाग रही है—चीख चिल्ला रही है लेकिन कोई भी अपने घर से नहीं निकल रहा है! किसी को सुनाई ही नहीं दे रहा है तो निकलेगा कहाँ से?

उठ कर झटके से उसने बत्ती जलाई और फिल्म खत्म। राहत की साँस ली उसने और कैसेट लगाया। बदकिस्मती से कैसेट वह निकला जिसे न वह सुनना चाहती थी, न सुने बगैर रहना चाहती थी—

वक़्त ने किया, क्या हसीं सितम
तुम रहे न तुम, हम रहे न हम!

यह कैसेट सोनल को समीर ने प्रजेण्ट किया था—तीन साल पहले। शादी के रिसेप्शन के दिन। तब उसने न इसे देखने की जरूरत महसूस की थी, न सुनने की! उसने हमेशा इसे अपने साथ रखा लेकिन कभी नहीं सुना। आज सुनते हुए उसे लगा कि कितना बदल गया है उसी गाने का मतलब आज? उसने संजय की कोई चर्चा नहीं की अपने डैडी से जान बूझ कर। वे दिल के मरीज, उन्हें ठेस लगती! अगर विश्वविद्यालय की सर्विस न मिली होती और वह अमेरिका में ही रह गई होती तो क्या होता?

गलती कहाँ हुई और किससे हुई—वह समझ नहीं सकी!

आरती गुर्जर—उसके लैण्डलार्ड की बेटी। उसी काल सेण्टर में काम करती थी जिसमें संजय करता था! साथ आना जाना उसी की कार से होता था। दिन रात का साथ! आश्चर्य यह था कि आरती के माँ बाप उन्हें एक दूसरे के करीब आते देख रहे थे फिर भी चुप थे! आश्चर्य यह भी था कि उसकी भी आँखों के सामने वे छेड़छाड़ करते थे—बेशर्मी की हद तक—और टोकने पर हँसने लगते थे। और इससे भी बड़ा आश्चर्य यह था कि आरती का पति जब कभी न्यूयार्क से आता था तो वह अपनी पत्नी से उसके 'ब्यायफ्रेण्ड' के बारे में बातें करता था और उन्हें डिनर पर ले जाता था! जाती तो साथ में वह भी थी—लेकिन उसे हमेशा लगता था कि न जाती तो ज्यादा अच्छा

रहा होता!

वह एक ऐसे समाज में आ गई थी जिसमें डालर को छोड़ कर किसी और चीज जैसे प्यार—के लिए ईर्ष्या करना पिछड़ापन और गंवरपन था!

वह जब भी संजय से उसकी हरकतों की शिकायत करती, वह खीझ उठता—"तुम देश और काल के हिसाब से अपने को बदलना सीखो, चलना सीखो। न चल सको तो चुपचाप बैठो या लौट जाओ!"

"लौटूँगी तो अकेले क्यों? तुम्हें साथ लेकर!"

"मैं तो डियर, परदेस को ही अपना देस बनाने की सोच रहा हूँ!" मुसकराते हुए उसने आँख मार कर कहा—"तुम भी क्यों नहीं ढूँढ़ लेती एक ब्यायफ्रेण्ड?"

"अच्छा लगेगा तुम्हें?" उसने सीधे संजय की आँखों में देखा!

"अच्छा" की कहती हो? निश्चिन्त हो जाऊँगा हमेशा के लिए! हा हा हा..."

सोनल ने संजय की आँखों में गौर से देखा—वे आँखें ही थीं या दिल? यह बात उसने जबान से कही थी या दिल से? वह कहीं सोनल से सचमुच की मुक्ति तो नहीं चाह रहा है? वह देख रही थी कि अमेरिका आने के बाद से उसमें तेजी से बदलाव आया है—एक दो सालों के अन्दर! यह उसकी तीसरी नौकरी है! वह एक शुरू करता है कि दूसरी की खोज में लग जाता है—पहले से उम्दा, पैसों के मामले में। उसमें सब्र नाम की चीज नहीं है। वह जल्दी से जल्दी ऊँची से ऊँची ऊँचाइयाँ छूना चाहता है! जैसे ही एक ऊँचाई पर पहुँचता है, थोड़े ही दिनों में वह नीची लगने लगती है! इसे वह महत्वाकांक्षा बोलता है! अगर यही महत्वाकांक्षा है तो फिर लालच क्या है?

लालच? आरती गुर्जर के साथ संजय की दोस्ती के पीछे सिर्फ आरती गुर्जर है या उसके एन.आर.आई. माँ बाप जिनका 'गुजराती हस्तशिल्प' का चमकदार व्यवसाय है जिसकी वह इकलौती सन्तान है? आरती से संजय का रिश्ता उसकी समझ से बाहर था!

यहाँ रहते हुए सोनल भी कमाई कर सकती थी! किसी विश्वविद्यालय में, कालेज में, लाइब्रेरी में, कहीं भी! कम्प्यूटर में भी अच्छी खासी गति थी! लेकिन संजय ने जब भी सोचा, खुद के बारे में सोचा, सोनल के बारे में सोचने की फुर्सत ही नहीं थी! उसने सोनल को 'हाउस वाइफ' से ज्यादा नहीं होने दिया और वह भी तो बनारस के इंतजार में 'आज कल परसों'

करती रह गई थी।

सोनल की आँखें भर आई थीं। उसी दम उसने निर्णय लिया था कि अब नहीं रुकना यहाँ! वह बहाने की खोज में ही थी कि राँची से पापा का ई-मेल तुरंत आ जाओ, 15 को तुम्हारा इंटरव्यू है! उसकी खुशी का ठिकाना नहीं रहा! यह उसकी आत्मा की पुकार थी जो विश्वविद्यालय तक पहुँची थी!

आज भोर के उजाले में खिड़की से फिर पुकार रही थी सोनल की आत्मा—संजय को नहीं, समीर को—सुनो, और चले आओ!

3

ज्यादा नहीं, हफ्ते दस दिन लगे सोनल को इस घर के एकान्त और सन्नाटे के हिसाब से खुद को ढालने में! और जब ढल गई तब मजा आने लगा! अपने 'अकेलेपन' को एंज्वाय करने लगी।

वह डेढ़ दो बिस्वे की रियासत की रानी थी—मालकिन! जब चाहे सोए, जब चाहे जागे, जहाँ चाहे उठे बैठे, जैसे चाहे वैसे रहे घर में, ब्रा और चड्ढी में, लुंगी में, गाउन में, नंगी नहाए, उछले कूदे—न कोई देखने वाला, न सुनने वाला! जब चाहे—जैसा चाहे खाना पकाए न पकाए, उपास करे, उसकी मर्जी! अगर साथ में यही सास ससुर हों—तो यह करो, वह करो, ऐसे करो, वैसे न करो! दुनिया भर के लफड़े, टोका टोकी और बंदिशें!

टेपरेकार्डर है, टी.वी. है, कम्प्यूटर है, मोबाइल है, फोन है—अगर खुद को व्यस्त ही रखना चाहो तो इनके सिवा भी किताबें हैं, क्लास की तैयारियाँ हैं, कार है! ज्यादा नहीं, शाम को फ्रेश होने के बाद सिर्फ आधे घंटे की ड्राइव पर निकल जाओ और लौट कर आओ तो बीयर या जिन का एक छोटा पेग और सिगरेट (यह कैलिफोर्निया की आदत है जिसे देर सबेर छोड़नी पड़ेगी इस सड़े गले नगर में—इसे वह जानती है)।

"लेकिन समीर कहाँ है?" उसने पापा को फोन किया—"कुछ खास नहीं, बस ऐसे ही!"

जब वह रिसर्च कर रही थी इतिहास में, तभी समीर से परिचय हुआ था। एक तेज तर्रार आकर्षक युवक। अच्छे खाते पीते घर का। उससे दो साल सीनियर और राजनीति में पीएच.डी.! नौकरी मिल रही थी लेकिन उसने अपने हित को न देख कर किसानों मजदूरों के हित को देखा! उसमें देश

और दुनिया और समाज के हर मुद्दे पर लम्बी बहस करने और विश्लेषण करने की दक्षता थी! उसने राजनीतिक 'ऐक्टिविस्ट' होना पसन्द किया। उस समय बिहार में ऐसे कई ग्रुप थे! वह उनमें से एक से जुड़ गया और सक्रिय हो गया! वह हफ्ते में एक बार पटना आता और पूरा दिन सोनल के साथ बिताता! उसका सपना था कि वे शादी करेंगे और अपना जीवन किसानों की खुशहाली के लिए समर्पित कर देंगे—साथ साथ! सोनल ने जब डैडी से बताया तो उन्होंने समझाते हुए कहा कि यह जुनूनी दिमाग का फितूर है! बीवी की कमाई और नौकरशाहों के चंदे पर क्रांति करने वाले ऐसे युवकों की भरमार है बिहार में! वे जल्दी ही नाश्ते और चाय पानी के लिए दूसरों को ढूँढ़ते सड़क पर दिखाई पड़ने लगते हैं। ऐसे बहकावे में मत आओ। और उन्हीं के समझाने बुझाने पर उसने संजय से शादी तो कर ली लेकिन समीर को दिल से नहीं निकाल सकी! यहाँ तक कि अमेरिका में भी जब संजय ने उससे 'ब्वायफ्रेण्ड' की बात की तो वह डर गई कि कहीं उसे समीर की दोस्ती की खबर तो नहीं है?

उसी समीर की याद आ रही थी उसे यहाँ आने के बाद से ही!

वह सुबह छत पर टहल रही थी कि डी-4 के सामने सड़क पर पुलिस वैन दिखाई पड़ी!

उसकी नजर जाने के पहले से खड़ी थी वह वैन!

कुछ लोग थे जो भीतर बाहर आ जा रहे थे! लेन के एक नुक्कड़ पर उसका डी-1 और दूसरे नुक्कड़ पर डी-4। उसके दो ही मकान बाद! बरतन माँजने और झाड़ू पोंछा करने वाली दाई उसी कालोनी की थी। जैसे ही वह आई, उसने पूछा!

दाई गीता ने जो कुछ बताया, वह भयानक था! यह उस कालोनी की तीसरी घटना थी! इसी साल की पहली!

डी-4 राय साहब का बँगला था! राय साहब बागबानी के बेहद शौकीन! उनके लान में मखमली घास क्या थी, हरे रंग का गलीचा था। उसमें जूते चप्पल पहन कर न वह जाते थे, न दूसरों को जाने देते थे। गलीचे के चारों तरफ फूलों और रंग बिरंगी पत्तियों वाले गमले थे! वे दिन भर कैंची चाकू लिए लान में ही नजर आते थे—काटते छाँटते हुए। हरे रंग की दीवानगी ऐसी कि बँगले पर भी हरा डिस्टेम्पर। यही हरियाली उनके झुर्रियोंदार चेहरे

पर भी रहती थी—हमेशा!

एक दिन एक फोन आया राय साहब के नाम—"इतनी जल्दी क्या है मकान बेचने की, थोड़ा रुक जाते!"

राय साहब 'हलो, हलो' करते रह गए, लेकिन फोन कट गया था!

उस दिन उन्हें आश्चर्य हुआ लेकिन हँसी भी आई!

फिर हर तीसरे चौथे रोज या तो कोई न कोई फोन आता या कोई न कोई मकान के बारे में जानकारी करने चला आता। फोन करने वाला कौन है, कहाँ से कर रहा है, मकान बिकने की बात उसे किसने बताई—राय साहब को पता नहीं चल सका! आने वालों को वे डाँट कर भगा देते, फाटक के अन्दर घुसने ही न देते! वे कहते कहते थक गए कि खबर गलत है, उन्हें बेचना ही नहीं है फिर भी, ये सिलसिले खत्म नहीं हुए!

वे परेशान! लगा कि पागल हो जाएँगे! वे नींद के लिए तरस कर रह जाते और नींद नहीं आती! दोस्तों मित्रों की सलाह पर उन्होंने पुलिस में रिपोर्ट की कि उनके पास कैसे कैसे फोन आते हैं, कैसे कैसे लफँगे आते हैं, और कैसी कैसी बातें कर जाते हैं?

चौथे दिन जो आदमी मकान की बाबत उनसे पूछने आया, उसकी बातों से राय साहब को लग गया कि पुलिस रिपोर्ट की उसे जानकारी है—लेकिन इसका न उसे डर है, न खौफ!

जिस मानसिक तनाव और बेचैनी में वे जी रहे थे, उससे उन्हें उस दिन मुक्ति मिली, जिस दिन अचानक उनके बचपन के मित्र राजाराम पांडे उर्फ भुटेले गुरू आए। भुटेले गुरू अब तो नगर के जाने माने रईस थे लेकिन थे उनके पड़ोसी गाँव के! हाईस्कूल तक उनके साथ गाँव पर ही पढ़ चुके थे! कई मुहल्लों में कई मकान थे उनके! वे इधर से गुजर रहे थे कि उन्हें रायसाहब की याद आई और पूछते पाछते डी-4 में चले आए!

"यार, बड़ा शानदार भवन है सुरेश!" उन्होंने गेट के अन्दर घुसते ही कहा!

राय साहब ने उत्साह से उन्हें घर दिखाया! वे पहली बार आए थे। उन्होंने घर आँगन की तारीफ करते हुए बताया कि इस दौरान भेंट भले न हुई हो, दोनों बेटियों की शादी और भाभी के आकस्मिक स्वर्गवास की खबर उन्हें मिली थी! ड्राइंग रूम में लौटते हुए उन्होंने पूछा—"सुरेश! तुम्हारा वह बेटा कहाँ है आजकल, जिसका इलाज करा रहे थे?"

भुटेले जैसे ही सोफे पर बैठे, राय साहब उनके आगे बैठ कर—फूट फूट कर रोने लगे। भुटेले भी सोफे से नीचे आ गए और सुरेश राय को बाँहों में भर कर सामने दीवान की ओर देखते रहे—दीवान पर गठरी की तरह एक युवक लेटा था। वह टुकुर टुकुर कुतूहल से उन्हें ताक रहा था। दाढ़ी मूँछ बेतरतीब बढ़ी हुई थी! सिर्फ चेहरा खुला था, शरीर ढँका था! एक सूखी बेजान बाँह लकड़ी की तरह बिस्तर पर पड़ी थी! लगता ही नहीं था कि धड़ के नीचे कुछ है!

"यह बोलता तो उस वक्त भी नहीं था, लेकिन यह याद नहीं कि समझता भी था या नहीं!" भुटेले ने पूछा!

राय साहब बगैर बोले हिचकी लेने लगे।

भुटेले ने साँत्वना देते हुए उन्हें उठाया और सोफे पर अपने बगल में बैठाया। थोड़ी देर बाद राय साहब उठे और अन्दर चले गए। जब वे चाय के साथ लौटे तो सहज थे! चाय पीते हुए उन्होंने बताया कि कैसे पेट काट कर, गाँव की जमीनें बेच कर, बैंक से कर्ज लेकर किसी तरह यह घर खड़ा किया और दो साल पहले—रिटायर होने के बाद—इसमें आया! मैंने कभी सोचा ही नहीं कि किसके लिए घर? बस यह था कि अपना एक घर हो! इसके खड़ा होते होते पत्नी भी चल बसीं। लेकिन लगा रहा मैं बिना सोचे कि घर हो तो किसके लिए?...देख रहे हो इस बेटे को? न चल फिर सकता है, न सुन सकता है, न बोल सकता है! क्या होगा इसका जब मैं नहीं रहूँगा! जाने किस जनम के पाप की सजा दे रहा है भगवान!

"मैं हूँ न चिन्ता काहे करते हो?" भुटेले ने उनके कंधे पर हाथ रखा!

"चिन्ता का तो ये है भुटेले कि छः सात महीनों से सोया नहीं। जाने कहाँ कहाँ से, कैसे कैसे लोगों के रात बिरात फोन आते रहते हैं—धमकी भरे! पता नहीं किसने उड़ा दिया है कि सुरेश राय अपना घर बेच रहे हैं! नतीजा यह कि गुंडे मवाली तक घर के अन्दर घुसे चले आ रहे हैं और सलाह दे रहे हैं कि जितने में बेचोगे उतने में दो कमरों का फ्लैट भी ले सकते हो और बाकी के सूद से बीस पच्चीस साल चैन से काट भी लोगे! पूछो कि तुम हो कौन? तो कहते हैं—'प्रापर्टी डीलर'! प्रापर्टी हमारी; डील तुम कर रहे हो! बिना यह पूछे कि तुम बेच भी रहे हो या नहीं? दलाल साले! हिम्मत तो देखो उनकी! अगर आज नरेश सही होता तो यह नौबत नहीं आती!"

भुटेले गम्भीरता से सब कुछ सुनते रहे और सोचने विचारने के बाद बोले—"ऐसा है सुरेश! मैं दो तीन दिन के अन्दर एक दरबान या आदमी भेज देता हूँ। बड़े भरोसे का आदमी! वह तुम्हारी सारी समस्याएँ दूर कर देगा! ठीक?"

तीसरे दिन सचमुच आदमी आया और राय साहब की चिन्ता खत्म हो गई!

न कभी फोन आया और न गुंडे मवालियों का साहस हुआ कि आस पास कहीं दिखाई पड़ें!

लेकिन जो होनी थी, वह होकर रही। तीन महीने बाद! रात दिन पूरे घर की देखभाल करने वाला दरबान रात भर की छुट्टी लेकर भतीजी की शादी में अपने गाँघ गया था और इधर उसी रात यह हादसा हो गया! उसी पलंग पर लेटा राय साहब का बेटा टुकुर टुकुर ताकता रहा और उनका कतल हो गया!

भुटेले गुरु इस हादसे के दो दिन पहले से अस्पताल में थे—रूटीन चेकअप के लिए। दरबान ने ही उन्हें खबर की थी! वे अस्पताल से सीधे अपनी गाड़ी में आए! दरवाजे पर खड़ी भीड़ को वहाँ से हटाया बढ़ाया, डाँटा डपटा और अन्दर जाकर पुलिस से जानकारी ली! फिर उस कमरे में गए जहाँ बिस्तर पर राय साहब लेटे थे। वहीं बगल में एक तख्त पर उनका बेटा भी था जो निश्चल पड़ा था। मूक दर्शक। हादसे का चश्मदीद बेबस गवाह! वे पुलिस के साथ अन्दर गए थे, उसी के साथ लौट भी आए!

बाहर अटकलों की कानाफूँसी चल रही थी—या तो मुँह और नाक पर तकिया दबा कर मारा गया है या गला दबा कर! शरीर पर कहीं चोट का निशान नहीं। हाथापाई का कोई चिह्न नहीं। बिस्तर पर कोई सिलवट नहीं! तकिया पर महज खून का छोटा सा धब्बा था जो नाक और मुँह से निकला था।

लाश जब पोस्टमार्टम के लिए जा रही थी, सोनल अपने गेट पर खड़ी उसे जाते हुए देख रही थी! कालोनी में मकान कब्जा करने की तीसरी घटना! घर में तो वह भी अकेली थी। विश्वविद्यालय आने जाने का समय अनिश्चित। किसी दिन दोपहर से पहले क्लासेज, किसी दिन दोपहर बाद। घर में कोई नहीं। दिन में तो चोरियाँ ही हो सकती हैं लेकिन रात में तो हत्या तक सम्भव है। इस कल्पना से ही उसे कँपकपी छूट आई! आँखों में उतरने वाली सिहरन

पूरे बदन में फैल गई! वह इसी उधेड़बुन में पूरे दिन पड़ी रही! नौकर न मिल रहे थे, न रखना मुनासिब था! नौकरानी झाड़ू बुहारू पोंछा से आगे के लिए तैयार नहीं। बार बार उसका ध्यान जा रहा था ससुराल पर।

रात में उसने पहाड़पुर का कोड ढूँढ़ा और फोन किया—“पापा! मैं सोनल। आ रही हूँ कल आप दोनों को लेने के लिए! तैयार रहिए। नहीं, कुछ नहीं सुनूँगी। मम्मी को फोन दीजिए!...”

4

शीला को सोनल ने वह मान सम्मान दिया जो कोई बहू क्या देगी अपनी सास को?

सुबह शाम 'मम्मी', दोपहर रात 'मम्मी', घर में 'मम्मी' बाहर 'मम्मी'—बस हर तरफ मम्मी की गूंज! जबकि शीला सोनल के साथ आई थी लोकलाज के कारण, इस कारण से कि न जाएँ तो बेटा उनके बारे में क्या सोचेगा? कि जिस बेटे के सहारे बुढ़ापा कटना है उसकी औरत की कैसे न सुनें? न सुनें तो वह उनकी क्यों सुनेगा? लोग अपने बच्चों का भविष्य क्यों सँवारते हैं? इसलिए कि उनके भविष्य में उनका अपना भविष्य भी छिपा रहता है! कायदे से देखा जाय तो वे उनका नहीं, अपना ही भविष्य सँवारते हैं! इसी सँवरे हुए भविष्य में कदम रखा था शीला ने और खुश थी! जिस लड़की से कोई पूर्व परिचय नहीं, कोई रिश्ता नाता नहीं, यहाँ तक कि न अपनी जात की, न कुल की, न संस्कार की—वह शीला के पीछे मरी जा रही थी—'मम्मी, चाय पी?' 'मम्मी, नाश्ता किया?' 'मम्मी नहा लिया?' 'मम्मी, खाना खाया?' 'मम्मी, कोई जरूरत?'

इतना ध्यान उनकी बेटी सरला ने भी नहीं दिया था उनका!

सोनल ने पहले उन्हें पूरा घर दिखाया—ड्राइंग रूम, उससे सटा अपना कमरा, आँगन, फिर वह कमरा जिसमें पापा मम्मी रहेंगे, फिर किचेन और स्टोर, फिर पिछवाड़े का हिस्सा जिसमें नौकर चाकर के लिए टिन के शेड का खुला कमरा। फिर ऊपर ले गई छत पर और देर तक मम्मी को टहलाती रही कि लोग देख और जान लें कि वह अकेली नहीं है घर में! यह घर और इस घर में वह सब कुछ था जिसके बारे में शीला ने सोचा नहीं था।

उसे रात भर नींद नहीं आई—कारण जो रहे हों! कारण नई जगह भी हो सकता है, चौड़ा डबल बेड भी, गद्देदार बिस्तर भी! वह सुख भी जो अचानक उसके जीवन में आ गया था। वह घर में आई नहीं थी, 'गृह प्रवेश' किया था। यही कहा था सोनल ने और अच्छी से अच्छी 'डिशेज' तैयार करके खिलाया था। शीला की खुशी बार बार उसकी आँखों में छलक आ रही थी! और इन आँसुओं में और कुछ नहीं, पहाड़पुर का खपरैलों वाला घर था, उसके बेटे बेटी थे और वह दुःख थे जो उसने जीवन भर सहे थे।

सहसा उसे याद आया कि संजय के बारे में न उसने कुछ पूछा, न सोनल ने अपने से कुछ बताया, दूसरी दूसरी ही बातें करती रही अब तक!

अगले दो तीन दिनों में शीला ने अपनी दिनचर्या निश्चित कर ली! खाना बनाने वाली महराजिन अब तक नहीं मिली थी और वह बैठे बैठे करती क्या दिन भर? सुबह चाय और दोपहर रात का खाना उसने अपने जिम्मे ले लिया था! तकलीफ केवल इतनी थी कि बात करने के लिए अभी तक कोई नहीं मिला था। डी-4 की घटना ने हर कालोनीवासी को अपने अपने घर में रोक रखा था—वे सभी शायद डरे हुए थे कि कहीं ऐसा न हो कि वे मकान छोड़ें तो लौट कर घुसना मुश्किल हो जाय! इन्हीं वजहों से पार्क भी खाली पड़ा था—न कोई औरत, न कोई मर्द! तीन चार दिनों तक कोई भी अपने घर से बाहर नहीं निकला—सर्विस करने वालों को छोड़ कर।

शीला झाड़ पोछा करने वाली महरी के पीछे पीछे घूमती रहती और बात करती रहती—कितने लड़के हैं? कितनी लड़कियाँ हैं? कितनों की शादी हुई है? दामाद क्या करते हैं? कितनी बहुएँ हैं? कौन वाली साथ रहती है? स्वभाव कैसा है? सेवा करती है या नहीं? बेटे ध्यान देते हैं या नहीं? अभी कोई पोता पोती है कि नहीं?...कुछ सुनती, कुछ अपना सुनाती! इस दौरान सोनल अपना काम करती, पढ़ती, लिखती और नहीं तो कम्प्यूटर के माउस से ही खेलती या कुछ टाइप करती।

इस बीच शीला दो बार बहू से दुःखी हुई। वह जग जाती थी भोर में चार बजे और सोनल सोती रहती थी आठ बजे तक। उसने उसे जगाने का एक तरीका निकाला। उसने सुबह छः बजे चाय तैयार की और उसे जगाया। सोनल सोई रही और उठने पर ठंडी चाय सिंक में उड़ेल दी। फिर अपने लिए अलग से नींबू की चाय बनाई।

शीला देखती रही।

दूसरे दिन उसने नींबू की चाय बनाई–थोड़ी देर से! यानी सात बजे! उस दिन भी यही हुआ। सोनल ने कहा–"मम्मी, मेरी चाय रहने दिया करें आप! जब उठूँगी, तब बना लूँगी मैं!"

उसे अच्छा नहीं लगा! अपनी आदत के खिलाफ वह किसी तरह जब्त करके रह गई। यहाँ तक तो गनीमत थी लेकिन एक दूसरे प्रसंग से तो जैसे उसका मन ही उचट गया! होता यह था कि शीला सुबह रात की बची रोटी या परांठे और सब्जी का नाश्ता करती थी! सोनल ने देखा तो बिगड़ी–"नहीं मम्मी, यह नहीं चलेगा। आप वह खाएँगी जो मैं खाऊँगी! टोस्ट बटर, दलिया, दूध, फल! वह सब नहीं!" ठीक! शीला के दिमाग में सवाल उठा कि रोज रोज जो बासी रोटियाँ या पराँठे बच जाते हैं, उनका क्या हो? उसे महरी–गीता की याद आई! वह भी आते ही शीला को 'माता जी माता जी' बोलती थी! काम धाम खतम करके गीता जब जाने लगती थी वह रोक कर उसे खिला देती थी। सब्जी न रहने पर कभी चाय दे देती थी, कभी अचार! सोनल को पता चला, पता क्या चला उसने गीता को एक कोने बैठ कर खाते हुए देख लिया।

"मम्मी।" गीता के जाने के बाद सोनल बोली–"आप क्यों आदत बिगाड़ रही हैं उसकी?"

शीला ने समझने की गरज से बहू की ओर देखा!

"उसकी शर्तों में चाय नाश्ता नहीं था! पाँच सौ महीना और साल में दो बार साड़ियाँ–बस!"

"लेकिन मैं चाय नाश्ता कहाँ देती हूँ? जो कुछ बचा खुचा रहता है, सधा देती हूँ! फेंकने या कुत्ता बिल्ली को खिलाने से अच्छा है कि किसी के स्वारथ आ जाय!"

"यही तो! कुत्ते बिल्ली को भले खिला दें, उसे न दें–यही कहना है मेरा?"

"अरे? यह कैसी बात कर रही हो तुम?" फटी आँखों बहू को ताकने लगी शीला!

"नहीं, बुरा मत मानिए। इसे ऐसे समझिए! मान लीजिए कल आप कहीं और चली जाएँ, यहाँ न रहें। वह हमसे भी यही उम्मीद करेगी और हम नहीं दे पाएँगे तो उसे बुरा लगेगा, ठीक से काम नहीं करेगी। है न?"

"सब ठीक! लेकिन यह बात मेरे गले नहीं उतर रही है कि कुत्ते बिल्ली

को खिला दें लेकिन उसे न खिलाएँ!''

''मम्मी, वह आपकी परजा नहीं है, नौकरानी है–प्रोफेशनल। उसका पेट रोटी पराँठें से नहीं, पैसे से भरेगा! यही नहीं, आप उससे बातें करेंगी और वह सिर चढ़ जाएगी! कल जब आप किसी बात के लिए उसे टोकेंगी, वह लड़ बैठेगी! उसे आप वही रहने दें जो है! आए, अपना काम करे और रास्ता नापे!'

शीला सिर झुकाए चुपचाप सुनती रही और उठ खड़ी हुई–''लेकिन मैं अन्न का अपमान नहीं होने दूँगी! उसे नहीं खिलाऊँगी तो खुद खाऊँगी!''

''आप बुरा मान गईं। नहीं समझा मेरी बात को!''

''समझ लिया, कोई अपढ़ नहीं हूँ! मैं भी बी.ए. हूँ अपने समय की!''

''ठीक है लेकिन मैं बासी तो न खाने दूँगी! कल ही आप कहेंगी कि मुझको बासी खिलाती थी!''

''तो मेरा भी सुन लो, मैं अन्न को ऐसे फेंकने न दूँगी!''

यह बहस तभी खत्म हो सकती थी जब उन दोनों में से कोई चुप हो जाय या वहाँ से हट जाय!

आखिर सोनल किसी काम के बहाने वहाँ से चली गई!

शीला कुछ देर बैठी रही। उसे लगा कि बहू नकचढ़ी ही नहीं, सिरचढ़ी भी है! पैदा करती, तब उसे अनाज का मोल भी पता चलता। माँ बाप की इकलौती औलाद, जात की लाला–खेत खलिहान से मतलब नहीं; उसे क्या मालूम अपनी फसल का सुख दुःख?

वह घर के पिछवाड़े गई जहाँ रघुनाथ बाहर से घूम कर आए थे और नहाने जा रहे थे! उसने जैसे ही शुरू किया वैसे ही रघुनाथ ने टोका–''सही कहा उसने! बहू को सुनने और उसके साथ रहने की आदत डालो!''

''क्या? तुम्हारा भी यही कहना है!''

''नहीं, मेरा यह नहीं कहना है। मेरा यह कहना है कि जिसके घर में रहती हो, जिसका खाती हो, पहनती हो, उसे अनसुना मत करो। वह करो जो वह चाहती है!''

''राशन मैं लाई हूँ, चाय नाश्ता मैं बनाती हूँ, खाना मैं पकाती हूँ, जो कोई आता है, उसे उठाती बिठाती मैं हूँ–और मेरी कोई वकत ही नहीं?''

''अच्छा जाओ तुम यहाँ से, जो करना है करो!'' झुँझला कर रघुनाथ बोले और बाथरूम में चले गए!

"मैं नहीं रहूँगी यहाँ! मुझे गाँव पहुँचा दो और नहीं पहुँचाओगे तो खुद चली जाऊँगी।"

बाथरूम के अन्दर से ही रघुनाथ ने हँसते हुए कहा—"अरे, बहू से तो पूछ लो। अपने से नहीं आई हो तुम, वही लाई है!...कैसे है वह गाना।" उन्होंने नल खोल दिया और गाना शुरू किया—

अभी न जाओ छोड़ कर, कि दिल अभी भरा नहीं।
अभी अभी तो आई हो, बहार बन के छाई हो
अभी जरा नहा तो लूँ, अभी जरा न नू न नू...

शाम को चार बजे के आसपास सरला का फोन आया—बहुत दिनों बाद! काफी दुःखी और शिकायती स्वर में! उठाया शीला ने ही। सोनल कालेज गई थी, घर पर वही थी! इससे पहले उसने दो तीन बार गाँव पर फोन किया था, उसकी बदकिस्मती से रिसीवर उठाया था रघुनाथ ने और उसका नाम सुनते ही बिना पूछे या बोले रख दिया था! इसका चर्चा भी नहीं किया था शीला से!

"माँ, अब तो आ सकती हो मेरे यहाँ!"

"ऐसे क्यों बोल रही हो सरला?" शीला रुआँसी हो उठी।

"मैंने शादी नहीं की माँ, पापा से भी बोल देना! चाहें तो वे भी आ सकते हैं।"

"उनकी बात नहीं जानती लेकिन मैं तो तैयार बैठी हूँ। जब कहो तब आ जाऊँगी!"

"ठीक है, अगले दस पन्द्रह दिनों के भीतर कोई व्यवस्था करती हूँ!"

"लेकिन तुमने शादी क्यों नहीं की? हम तो मान चुके थे कि हो गई होगी!"

"माँ, मैंने सोच लिया है! भगवान और ब्याह के बिना भी जिया जा सकता है, रहा जा सकता है! किसी बात की फिकर मत करना! ठीक?"

सरला ने रिसीवर रख दिया था। शीला जहाँ की तहाँ खड़ी! उसकी समझ में नहीं आया कि यह अच्छा हुआ या बुरा! उसने रघुनाथ को सूचना दी! रघुनाथ ने सिर्फ इतना कहा कि इससे तो अच्छा था कि वह शादी ही कर लेती!

5

शीला सोनल के आग्रह पर तब तक रुकी रही जब तक खाना बनाने वाली नौकरानी की व्यवस्था नहीं हो गई।

जिस दिन शीला गई, उसी दिन सोनल ने गेट और घर की तालियों के 'डुप्लिकेट' बनवाए और उन्हें रघुनाथ को दे दिया। दोपहर को एक डेढ़ घंटा छोड़ कर—जब नौकरानी खाना पकाने आए—रघुनाथ पूरी तरह आजाद थे! वे जब चाहें तब, जहाँ चाहें वहाँ, आ जा सकते थे, घूम सकते थे, मिल मिला सकते थे; कोई पूछने ताछने वाला नहीं!

ऐसे भी रघुनाथ घर में रहते हुए एक तरह घर के बाहर ही थे। पिछवाड़े बाउंडरी वाल से लगी हुई एक ईंट की दो दीवारें थीं जिन पर अस्बस्टर पड़ा था! सोचा गया था कि अगर नौकर चाकर या ड्राइवर हुआ तो उसी में रहेगा! रघुनाथ की व्यवस्था शीला के साथ उसी के कमरे में थी लेकिन उन्हें यह पसन्द नहीं आया! घंटे दो घंटे के लिए तो ठीक, इससे ज्यादा कभी वे बीवी के साथ सोए ही नहीं! आने के दिन ही उन्हें यह जगह जंच गई। इसी के बगल में नल भी था और शौचालय भी! और क्या चाहिए? नाश्ता खाना घर में, बाकी सब बाहर!

शीला के साथ रघुनाथ के रिश्ते दाम्पत्य के ही रहे, प्यार के नहीं हो सके! यह भी कह सकते हैं कि वे शीला के साथ सो तो लेते थे, प्यार नहीं करते थे। और मानते थे कि इसकी जिम्मेदार खुद शीला है। वह ऐसी औरत थी जिसे प्रतिदिन प्यार का प्रमाण चाहिए—यह नहीं कि एक बार या दो बार या तीन बार आपने उसे आश्वस्त कर दिया कि आप किसी और को नहीं, उसी को प्यार करते हैं तो वह मान जाय! वह अगले दिन फिर परीक्षा

लेना चाहेगी कि वह कहीं आकस्मिक तो नहीं था? यही नहीं, वह अपने प्यार को केवल शिकायतों में ही व्यक्त कर सकती थी–इसके सिवा उसके पास और कोई दूसरी भाषा नहीं थी! इन स्थितियों ने रघुनाथ में सिर्फ चिड़चिड़ाहट ही नहीं पैदा की थी, उन्हें उसकी ओर से उदासीन भी कर दिया था! शीला ने कभी उनकी रुचि या पसन्द के हिसाब से अपने को बदलने की भी कोशिश नहीं की! मसलन, वे चाहते थे कि घर में कोई अच्छी बात हो तो शीला खुश हो, उल्लसित हो, उसमें उत्साह और जोश नजर आए, हँसे गाए, कुछ भी करे! लेकिन उसका चेहरा ऐसा पथरीला था कि उस पर कोई भी कोमल भाव नहीं आ पाता था। यहाँ तक कि रघुनाथ जब खुशी के मारे उछलने कूदने और बेचैन होने लगते थे तो वह उनका उपहास करती सी निर्विकार खड़ी रहती थी।

खुशी उसके चेहरे पर उभरती भी थी तो अनचाहे धब्बे की तरह–फिर गायब हो जाती थी।

इसके सिवा उसमें खूबियाँ ही खूबियाँ थीं! वह अपने पति और पुत्रों के पद और प्रतिष्ठा से हमेशा खुद को अलग रखती थी। दूसरों के पास ऐसा बहुत कुछ होता था जो उसके पास नहीं था लेकिन उन्हें देख कर उसमें कभी ईर्ष्या नहीं होती थी! समभाव उसका स्वभाव था। वह तभी विचलित होता था जब वह किसी गरीब गुरबा को जरूरतमंद और कातर देखती थी! वह सब कुछ सह सकती थी मगर किसी की धौंस नहीं!

शीला के जाने के बाद रघुनाथ ने राहत की साँस ली थी! वह उनसे बहू के बारे में कुछ नहीं बोलती थी, इसके बावजूद वे तनाव में रहते थे। इस तनाव से अब वे मुक्त हो गए थे!

शुरू शुरू में रघुनाथ को 'अशोक विहार' पसन्द नहीं आया। उन्होंने इतनी उजाड़ और उदास बस्ती देखी ही नहीं थी! देखना तो दूर, सोचा भी नहीं था। उनसे किसी ने बताया था कि यह पूरा इलाका कभी श्मशान हुआ करता था! हो सकता है, यही वजह हो कि उन्हें हर गली और हर मकान की हर खिड़की से आती हुई हवा में 'मृत्युगंध' घुली हुई लगती थी! यानी इधर से गुजरिए तो, उधर से गुजरिए तो नाक दबा कर या उस पर रुमाल रख कर!

आँखें बन्द कर के देखिए तो पूरी बस्ती उस बन्दरगाह की तरह थी

जहाँ सभी यात्री 'महाप्रयाण' पर निकलने या 'उस पार' जाने की तैयारी में लगे हुए हों!

लेकिन एक सुबह—ऐसी सुबह रोज आती थी और इन्हीं आँखों से रघुनाथ देखा करते थे—उस सुबह ध्यान गया पार्क की ओर आते एक बूढ़े की ओर—लकवे का मारा हुआ, मुँह टेढ़ा, गरदन बेकाबू, बायाँ बाजू झूलता हुआ असहाय, घिसटता हुआ बेबस पाँव, दूसरी गली से निकलता एक दूसरा बूढ़ा जिसकी एक आँख खुली और दूसरी पर हरी पट्टी, उसके पीछे एक और बूढ़ा जिसके गले में कालर यानी, स्पांडिलाइटिस का पट्टा, तीसरी गली से भी एक बूढ़ा आ रहा है पार्क के गेट की तरफ—धीरे धीरे। उसके एक हाथ में बोतल है और ट्यूब लुंगी के अन्दर!

सूर्य जैसे जैसे ऊपर उठता जाता है, वैसे वैसे हर कोने से खरामा खरामा आने वाले ऐसे ही बूढ़ों की तादाद बढ़ती जाती है!

रघुनाथ को लगा, ये बूढ़े नहीं हैं—यह जिन्दगी की भूख है, जीवन की प्यास है, स्वयं जीवन है—जो बूँद बूँद करके एक गड्ढे में जमा हो रहा है; वैसे ही जैसे किसी पहाड़ी की कई कई दरारों से पानी की एक लकीर चलती है और किसी सोते से मिल कर कभी न सूखने वाला—मीलों तक फुहियाँ उड़ाने वाला, शोर मचाने वाला धुँआधार 'फाल' बन जाती है!

जीवन का यह झरना हर सुबह रघुनाथ को अपनी ओर खींचता है—रग्घू, आओ! सुनो! भींगो! लेकिन रघुनाथ फुहियों में भींगने से बराबर बचते हैं।

क्यों बचते हैं रघुनाथ—इसे वे नहीं समझ पाते।

जब सभी बूढ़े अपनी मृत्यु के विरोध में बड़े मन और जतन से 'बाबा रामदेव' छेड़े रहते हैं, रघुनाथ सिर झुकाए चुपचाप पार्क के बाहर बाहर से निकल जाते हैं!

उनकी पसन्दीदा जगह यह नहीं, नहर थी! अशोक विहार से डेढ़ किलोमीटर दूर। नहर के पार उससे सटी हुई बगिया थी और बगिया के आगे 'संजय विहार' कालोनी। यह भी कोई गाँव रहा होगा जिसकी यह बगिया थी—आँवला, बेल और अमरूद के पड़ों से भरी और घनी। रघुनाथ नहर के पुल पर तब तक बैठते थे जब तक धूप सहने लायक रहती थी, उसके बाद बगिया में!

इसी पुल पर उनकी मुलाकात हुई थी एल.एन. बापट से! बापट बनारस के महाराष्ट्रियन थे! यहीं पढ़े लिखे, यहीं से नौकरी शुरू की और जौनपुर

से डिप्टी जेलर होकर रिटायर हुए थे! काफी मस्त आदमी थे—पुराने फिल्मी गानों के शौकीन। उनके दो ही शौक थे—पीना और गाना! गाते तभी थे जब पीने बैठते थे। उनके कोई सन्तान न थी—न बेटा, न बेटी। बीवी थी जिसे 'बुढ़िया' बोलते थे। उन्होंने संजय नगर में एक छोटा सा फ्लैट लिया था जिसमें कभी कभी जबरदस्ती रघुनाथ को ले जाया करते थे! और जब भी ले जाते थे, 'किताबखोर' और 'जाँगरचोर' मास्टरों को गरियाते हुए जरा सा चखा दिया करते थे।

सूर्य उनका शत्रु था। वे नियम से पाँच बजे शाम को ही पुलिया पर आ जाते थे और उसे गालियाँ देना शुरू कर देते थे—"रघुनाथ, जरा देखो साले को! जान बूझ कर देर कर रहा है भोंसड़ी के डूबने में!" वे शाम होते ही बेचैन होने लगते थे और घर की ओर ऐसे भागते थे जैसे पुलिस की गिरफ्त से छूटते ही चोर!

हफ्ते भर से ऊपर हो गया था जब बापट रघुनाथ से नहीं मिले—न पुल पर, न बगिया में। वे रोज जाते थे और लौट आते थे!

वे उस दिन जल्दी लौट आए क्योंकि ऊमस ज्यादा थी और पानी बरसने के आसार थे!

कालोनी के ही मुहाने पर मकान था मन्ना सरदार का। बगैर पलस्तर के ईंटों का। खुला हुआ बड़ा सा हाता जिसमें एक ओर लम्बी सी खटाल। बँधी हुई चार भैंसें, तीन गाएँ। यहीं सुबह शाम दूध के बर्तनों की क्यू लगाते थे बूढ़े। यह कारोबार मन्ना सरदार का पोता या नाती देखता है, उनसे कोई वास्ता नहीं।

कहते हैं, यह कालोनी उन्हीं की जमीन पर बसी है।

पचहत्तर अस्सी साल के मन्ना सरदार अपने जमाने के पहलवान। काले, मोटे, गठे हुए! पेट थोड़ा निकला हुआ। आज भी लाल लँगोट और छींट के गमछे में ही नंगे बदन रहते हैं और नियम से पच्छिम मुँह करके पचास डंड और पचास बैठक पेलते हैं। उन्हें बस एक ही शौक है और एक ही रोग! शौक अपने हाथों भाँग घोंटना, गोला जमाना, ऊपर से एक पुरवा मलाई और रबड़ी खाना और रोग—गठिया! उनसे डाक्टर ने कहा था कि अगर चाहते हो गठिया ठीक हो, तो भंग छोड़ दो। इन्होंने जवाब दिया था—"ए डाक्टर साहेब, आप कहोगे तो दुनिया छोड़ देंगे, बाकी भांग नहीं।"

वे जवानी तक शहर में पक्का महाल या पियरी पर कहीं रहे थे और जो कोई पकड़ में आ जाता था उसे उन दिनों के किस्से सुनाया करते थे।

रघुनाथ उनकी पकड़ में आ गए उस दिन! वे जैसे ही मुड़े, वैसे ही सरदार ने पूछा—''जै राम जी की मास्टर साहब! किधर के रहने वाले हैं आप? क्या बताया था उस दिन?''

''धानापुर साइड के!''

''अरे, आपने बताया क्यों नहीं, उसी साइड के तो ग्रू (गुरु) थे।''

''ग्रू कौन?''

''छक्कन ग्रू! आप कैसे नहीं जानते उन्हें? यह तो आश्चर्य की बात है! आइए, बैठिए तो सही! पानी नहीं बरसेगा, चिन्ता मत कीजिए, देखिए पुरुवैया शुरू हो गई है!...पीताम्बर और खड़ाऊँ—बस यही धज था उनका, चाहे जहाँ रहें। क्या लम्बाई थी और क्या छरहरा बदन! कबूतर पाला था उन्होंने। बस एक कबूतर—वह भी सुनहरे रंग का। उसे अपने हाथों किसमिश, बादाम, छुहाड़ा खिलाते थे! एक बार वह गायब हुआ हफ्ते भर के लिए। ग्रू चिन्तित! कम्बखत बिना बताए गया कहाँ? आठवें दिन लौटा तो चोंच एकदम लाल। हाँफ रहा था! ग्रू बोले—'बे मन्ना, सूर्य देवता को ठोर मार कर आया है, जीभ और चोंच जल रही है उसकी, देखता नहीं? पहले पानी पिला!' तो ऐसा था ग्रू! एक बार शाम को भांग घोंटी, उस पार गए, साफा पानी दिया, चन्दन के तिलक पर रोली लगाई, कलाई में गजरा लपेटा और डाल की मंडई (दालमंडी) में घुसे। मुन्नी बाई अपने बारजे से ही देख रही थी कि ग्रू आ रहे हैं। जैसे ही ग्रू उसके कोठे के पास पहुँचे कि वह अपने को सम्भाल नहीं सकी और टप् से चू गई। वाह रे ग्रू! ग्रू ने उसे अपने मुसुक (मुश्क—कंधे और कुहनी के बीच की जगह) पर रोक लिया! देखिए यूं, इसी पर लोक लिया और वह मुसुक पर खड़ी हो गई! ग्रू बोले—'मुन्नी, आज इसी पर मुजरा होगा लेकिन इस गली में नहीं, चौक में। अकेले मैं नहीं देखूँगा, सारा नगर देखेगा!' और ग्रू उसे मुसुक पर खड़ी किए सचमुच ले आए चौक में। और फिर जो मुजरा हुआ उसे न पूछिए तो ही अच्छा! और आप को पता ही नहीं कि ग्रू कौन है?''

जब वे उठे तो आसमान साफ हो चला था और जहाँ तहाँ छिटके तारे दिखाई पड़ रहे थे।

6

रघुनाथ जब भी शाम को घूमते, टहलते या मिलने जुलने बाहर जाते थे, कोशिश करते थे कि नौ बजे तक लौट आएँ! रात का खाना वे हमेशा सोनल के साथ खाते थे। यह सोनल की जिद थी! दोपहर को ऐसा तभी सम्भव हो पाता था जब उसकी छुट्टी हो। वरना नौकरानी खाना पका कर चली जाती थी और वह खुद ही निकाल कर खा लेते थे। नाश्ता इनका अलग था, सोनल का अलग। इन्हें अँखुवाए चने और दूध से मतलब था– बस!

शीला की गलतियों से इन्होंने बहुत कुछ सीखा था! ये अपने हिसाब से उसे नहीं चलाते थे, उसके हिसाब सें खुद चल रहे थे। इन्हें 'ससुर' के बजाय 'बाप' बन कर चलना ज्यादा सुविधाजनक लगा था। अव्वल तो तनाव का कोई मसला पैदा ही न होने दो और पैदा भी हो तो गम खा जाओ या टाल जाओ! दो जून खाने और सोने से मतलब–बाकी तुम जानो, तुम्हारा काम जाने! राशन गाँव का, सब्जी पेंशन की। और पेंशन इतनी मिल ही जाती है कि अपनी ही नहीं, दूसरे की भी छोटी मोटी जरूरत पूरी हो जाय!

बेटे बहू के साथ जीने का यही सलीका होना चाहिए कि न आप उनके मामले में दखल दें, न वे आपके मामले में! सह जीवन के लिए यह समझदारी जरूरी है!

इसी समझदारी ने ससुर और बहू को एक दूसरे का दोस्त बना दिया था! हो सकता है, इसके पीछे कहीं न कहीं उनका अपना 'अकेलापन' भी हो और 'ऊब' भी!

ऐसे, सोनल ने अपने व्यवहार से उनके भीतर की आशंका खत्म कर दी थी कि अपने पति के सिवा उसकी किसी में रुचि नही है। वह अक्सर

बातें करती थी—शीला से, सरला से। रघुनाथ को भी बीच बीच में बात करने के लिए याद दिलाती रहती थी। बनारस से मिर्जापुर की दूरी ही कितनी है—जब चाहे जाओ, जब चाहे आओ! चाहो तो कई चक्कर लगाओ एक ही दिन में। जब सोनल के आग्रह पर पहली बार सरला आई थी 'अशोक विहार', तो वह सोनल के लिए दीदी के साथ ही ननद भी थी! विदा करते समय उसे सोने की चेन और अंगूठी के साथ दो साड़ियाँ उसके लिए और दो मम्मी के लिए दी थीं उसने! उसके बाद भी सरला कई बार आई और हर बार सोनल जो कर सकती थी करती रही—यानी घर की जो चीज सरला को पसन्द आ जाय, वह सरला की! यह कभी नहीं सोचा कि सरला बड़ी है—देने का फर्ज उसका है।

शीला को भी अपनी गलती का अहसास हो गया—कि उसने बहू को समझने में भूल की!

यही नहीं, सोनल ने अपनी तरफ से बाप और बेटे—रघुनाथ और धनंजय के बीच की दूरियाँ भी कम करने की कोशिश की। यह अलग बात है कि वे दूरियाँ घटने के बजाय और बढ़ गईं—लेकिन इसमें उसका दोष कहाँ था?

उसने धनंजय को फोन करके कहा कि भैया, तुम तो हद कर रहे हो! अमेरिका से पैसे मंगाना होता था तो क्या क्या नहीं बोलते थे? कितनी बातें करते थे कि यह जरूरत है, वह जरूरत है! और यहाँ इतने दिनों से हम आए हैं और एक बार भी देखने नहीं आए कि भाभी कैसी है? पापा को भी ठीक ठीक पता नहीं कि तुमने एम.बी.ए. किया कि नहीं किया और कर लिया तो अब क्या कर रहे हो? तुम्हारी शादी के लिए आ रहे हैं लोग। पापा मम्मी परेशान हैं! क्या चाहते हो, बताते तो सही! एक दो दिन के लिए ही सही, आ तो जाओ!

इसी फोन का नतीजा था कि वह आया मगर ठहरा घर में नहीं, डायमंड होटल में! इसलिए कि अकेला नहीं था, साथ में एक महिला थीं अपनी बच्ची के साथ!

सोनल ने उन्हें रात को खाने पर आमंत्रित किया।

जब रघुनाथ को यह खबर मिली तो वे उठे और चुपके से पहाड़पुर चले गए!

धनंजय को थोड़ी देर हो गई थी। वह टैक्सी से आया था। साथ में आने

वाली महिला महिला नहीं, लड़की थी—के. विजया। सोनल की ही उमर की या उससे थोड़ी बड़ी। नाक में हीरे की चमकती हुई कील, कानों में झूलती हुई रिंग, जूड़े में बेले के फूल। एकदम दक्षिण भारतीय लेकिन गोरी और सुन्दर! बातों में पता चला कि वह दिल्ली में किसी कारपोरेट कम्पनी में नौकरी करती है! उसी कम्पनी में उसका पति भी काम करता था पहले से! उससे अच्छे पद और वेतन पर! वह अविवाहित था। इन्होंने शादी की और नोएडा में डूप्लेक्स फ्लैट लिया! बच्ची पैदा होने के कुछ दिनों बाद ही एक सड़क दुर्घटना में उसकी मौत हो गई! घर, गाड़ी, नौकरी, बच्ची सब कुछ लेकिन वह बेसहारा। भावनात्मक रूप से टूट चुकी थी वह! ऐसे ही में धनंजय से मुलाकात हुई थी।

बच्ची का नाम रत्ना डी. था। वह धनंजय को पापा बोल रही थी!

सोनल सुनते हुए असमंजस में पड़ी रही कुछ देर, फिर इतना कहा—"तुम लोगों को सीधे घर आना चाहिए था।"

धनंजय ने सफाई दी कि विजय के पास समय नहीं था। उसे बाबा विश्वनाथ का दर्शन करना है, गंगा नहाना है, घाट देखना है, सारनाथ जाना है—समय कहाँ हैं?

जिस समय अमेरिका के दिनों के अलबम देखने दिखाने का कार्यक्रम चल रहा था, उसी समय डिनर की तैयारी के बहाने सोनल किचेन में आई और हेल्प करने के लिए धनंजय को बुलाया!

"राजू, इतनी बड़ी बात! न तुमने पापा को बताई, न मम्मी को, न हमें—यह क्या देख रही हूँ?"

"कौन सी बात?"

"अरे यही कि तुमने शादी कर ली और किसी को खबर नहीं दी?"

"किसने कहा कि शादी कर ली?"

सोनल ने आश्चर्य से धनंजय को देखा—"तुम दोनों एक ही छत के नीचे रह रहे हो जाने कब से और बच्ची पापा बोल रही है तुमको और शादी भी नहीं की—मामला क्या है?"

धनंजय मुसकराया—"भाभी, मामला कुछ नहीं है! बात सिर्फ इतनी है कि उसे मेरी जरूरत है, और मुझे उसकी—जब तक जाब नहीं मिल जाती!"

"क्या उसे इस बात का आभास है कि तुम उसके साथ तभी तक हो जब तक जॉब नहीं मिल रही है?"

"यह मैं नहीं जानता!"

"तुम उसके साथ रह रहे हो, उसका खा रहे हो, पी रहे हो, पहन रहे हो, उसकी गाड़ी और पेट्रोल पर घूम रहे हो, उसकी बच्ची तुम्हें पापा मानती है, तुम्हारे भरोसे घर और बच्ची छोड़ कर नौकरी कर रही है, तुम उसके रिश्तेदार और नौकर भी नहीं हो—फिर कौन सा नाता है तुम्हारे उसके बीच?"

झुंझला कर धनंजय ने कहा—"भाभी, छोड़िए यह सब! चलिए खाया जाय!"

"अरे, ऐसे कैसे छोड़िए! तुम उसे धोखा दे रहे हो और बेवकूफ बना रहे हो! या फिर हमसे झूठ बोल रहे हो और छिपा रहे हो!"

"दिल्ली की लड़कियों को नहीं जानतीं आप? हो सकता है, बच्ची कल से स्कूल जाने लगे तो कान पकड़ कर बाहर कर दे!"

"एकदम कर देना चाहिए तुम्हारी चाल को देखते हुए।" सोनल ने उसकी टोह लेते हुए पूछा—"एक बात बताओ, तुम्हारी नजर कहीं उसके धन दौलत और सुख सुविधा पर तो नहीं है?"

"अच्छा रहने दीजिए! अब आप हद कर रही हैं!"

"मैं इसलिए कह रही हूँ कि अगर हो, तब भी तुम्हें कर लेनी चाहिए! सुन्दर है, समझदार है, जॉब में है, तुम्हें जाब न मिले तब भी कोई हर्ज नहीं! मैं साथ हूँ तुम्हारे। समझा? चलो अब!"

सोनल ने विजया को आवाज दी। सभी किचेन से दोंगे, प्लेटें और तश्तरियाँ डाइनिंग रूम में ले गए—एक एक करके! सोनल ने रत्ना डी. को गोद में बिठाया, खाया, खिलाया और साढ़े दस ग्यारह बजे विदा किया!

विदा होने से पहले धनंजय भाभी को अलग ले गया—"भाभी, क्या यह सच है कि भैया ने वहाँ कोई शादी की है?"

सोनल उसका मुँह देखने लगी!

"आरती नाम की कोई लड़की है क्या वहाँ?"

सोनल बगैर उन्हें विदा किए घर में भाग आई!

7

रघुनाथ गाँव से लौटे लेकिन 'खुदगर्ज और कृतघ्न' बेटे के जाने के बाद!

यह उनकी राय थी अपने छोटे बेटे धनंजय के बारे में। उसे पता था कि इसी नगर के 'अशोक विहार' में उसकी भाभी के साथ बाप भी रहता है लेकिन ठहरा होटल में। माना कि साथ औरत थी–'काशी दर्शन' के लिए आई होगी कि यह लड़के का गृहनगर है आसानी होगी। करना यह था कि उसे होटल में ठहरा के तुम अपने घर आ जाते, यहीं रुकते लेकिन नहीं। रघुनाथ नाराज हुए, उन्हें दुःख भी हुआ। ये बातें वे बहू से नहीं कह सकते थे! दूसरी बात थी बाप का 'ईगो'! देखना चाहते थे कि जो बेटा दिल्ली से बनारस आ सकता है, वह बाप से भेंट करने के लिए बनारस से डेढ़ दो घंटे दूर पहाड़पुर आ सकता है या नहीं!

शिकायतें तो उन्हें अपने बड़े बेटे संजय से भी थीं लेकिन परदेस की दूरी और उसके 'अकेले' पड़ जाने की कल्पना ने उनकी कठोरता को कम कर रखा था! वह ऐसे देश में था जहाँ माँ नहीं, पिता नहीं, पत्नी नहीं। उसकी क्या हालत होती होगी, ऐसे में–जब इनके लिए हूक उठती होगी! वे भूले नहीं थे कि अपने मन से विवाह करने के बावजूद उसने पिता की जरूरतों को याद रखा था! यही नहीं, वह जो डी-1 अशोक विहार में इतने दिनों से चैन की बंशी बजा रहे हैं और खटिया तोड़ रहे हैं–उसी के चलते! उसे उनकी एक और एकमात्र इच्छा की भी जानकारी है–एक तरह से पिता की अंतिम इच्छा कि वे आखिरी साँस पहाड़पुर में बने नए घर में छोड़ें! उन्होंने गाँव के पी.सी.ओ. से शुरू में दो चार बार फोन करके याद भी दिलाया कि कुछ भेजो, जितना बन पड़े उतना ही सही, कम से कम ढांचा तो अपने

रहते खड़ा कर दें। उसने भी आरम्भ में उत्साह दिखाया लेकिन आखिरी बार झल्ला कर कहा कि रुपए क्यों बरबाद करने पर तुले हुए हैं, उसके सदुपयोग के बारे में सोचिए! उसके बाद से ही रघुनाथ रूठ गए! न इन्होंने फिर फोन किया, न उसने बात की!

सोनल जरूर बातें करती है—कम्प्यूटर के आगे बैठ कर, कान में ईयर फोन लगा कर। महीने में कभी एक बार, कभी दो बार! रघुनाथ से भी कहती है कि पापा, आ जाएँ। आप भी बतिया लें! लेकिन जब संजय ही नहीं कहता तो सोनल के कहने और चाहने से क्या? इस तरह उनका रूठा रहना जारी है—वही बाप का 'ईगो'! इतना जरूर है कि जब कभी संजय का फोन आता है—जो कम ही आता है, वे बुलाए जाने का इंतजार करते हैं जिसकी नौबत कभी नहीं आई!

संजय एक बार बोल गया था—झटके में। तब उसका भाई भी उसके साथ था। वह राँची में पढ़ रहा था उन दिनों! रघुनाथ मास्टर आदमी! किसी प्रसंग में 'कृतज्ञता' का मतलब समझा रहे थे उन्हें कि कोई तुम्हारे लिए जरा सा भी कुछ करता है तो उसे भूलो मत, याद रखो और अवसर मिले तो उसके लिए जो कुछ कर सकते हो, करो। इसी जन्म में उऋण हो जाओ। इससे बड़ा सुख दूसरा नहीं! जब रघुनाथ चुप हो गए तो संजय बोला था—''पापा, इसका तो मतलब हुआ कि तुम जहाँ हो, वहीं खड़े रह जाओ! बार बार पलट कर देखोगे तो आगे कब बढ़ोगे? आप कृतज्ञ होने के लिए कह रहे हैं कि पैरों में बेड़ी पहनने के लिए!...'' यह बात आई-गई हो गई लेकिन रघुनाथ के दिमाग से गई नहीं!

रघुनाथ भी चाहते थे कि बेटे आगे बढ़ें! वे खेत और मकान नहीं हैं कि अपनी जगह ही न छोड़ें! लेकिन यह भी चाहते थे कि ऐसा भी मौका आए जब सब एक साथ हों, एक जगह हों—आपस में हँसें, गाएँ, लड़ें, झगड़ें, हा-हा हू-हू करें, खाएँ पिएँ, घर का सन्नाटा टूटे। मगर कई साल हो रहे हैं और कोई कहीं है, कोई कहीं। और बेटे आगे बढ़ते हुए इतने आगे चले गए हैं कि वहाँ से पीछे देखें भी तो न बाप नजर आएगा, न माँ!

कभी कभी उन्हें लगता कि वे बापट की तरह बेऔलाद होते तो कहीं ज्यादा अच्छा होता। वे भी उनकी तरह दारू छान कर गाते हुए मस्त रहते!

गाँव से लौटने के बाद उन्होंने बहू से धनंजय के बारे में कुछ नहीं पूछा! बहू खुद ही उदास और बीमार लग रही थी! यह सोच कर कि 'औरतों को

बहुत सी ऐसी बीमारियाँ होती हैं जिनके बारे में न पूछना ही ठीक।' चुप लगा गए!

उनके बीच बातें होती थीं रात को खाने की मेज पर। रघुनाथ गाँव की स्मृतियों में जीते रहते थे, वे वहीं की बातें करते थे, बहू विश्वविद्यालय की, अपने विभाग की, लड़के लड़कियों की, प्रशासन की। उसको अन्यमनस्क देख कर रघुनाथ ने ही शुरू किया पहाड़पुर में होने वाले 'ग्रामसभा' चुनाव को लेकर—"समझो, ऐसे वक्त पर गया था जब गहमागहमी थी चुनाव की। पहाड़पुर की ग्रामसभा है आरक्षित कोटे की! लड़ते हैं दलित जबकि निर्णायक होते हैं ठाकुर वोट जिनकी संख्या है साठ! ये साठ वोट जिसे चाहें उसे सभापति या प्रधान बना दें। खड़े हैं सोमारू राम और मगरू राम—मैं जिस दिन पहुँचा, उसी दिन शाम को ठाकुरों की बटोर थी बब्बन कक्का के यहाँ! तय हुआ कि यही मौका है जब वे पकड़ में आए हैं और यही मौका है बदला लेने का! जितना ऐंठना हो, ऐंठ लो वरना फिर हाथ नहीं आने वाले! विचार हुआ कि दुनिया और देश इक्कीसवीं सदी में चला गया है और पहाड़पुर में मंदिर ही नहीं, जल चढ़ाने के लिए बस महादेव की पिण्डी है! मंदिर बनवाने के लिए मतदान से पहले ही उनसे पैसे ले लिए जाएँ। कहा जाय कि जो एक लाख देगा, वोट उसी को दिए जाएँगे!

"अगर इसके लिए दोनों ही तैयार हों तब?" किसी ने बीच में टोका!

इस पर दो मत सामने आए! एक ग्रुप का कहना था कि ऐसी हालत में बोली बढ़ाते जाइए। एक का डेढ़, डेढ़ का दो—ऐसे। जो अधिकतम दे, वोट उसे दिए जाएँ! दूसरे ग्रुप का कहना था कि नहीं! यह मोल भाव है, नीलामी जैसी चीज है, अपनी जबान से पलटना है, हमारी प्रतिष्ठा और मर्यादा के अनुकूल नहीं है! दोनों से ही एक एक लाख ले लिया जाय और वोट आधे आधे बाँट दें! तीस एक को, तीस दूसरे को! बताया दोनों को न जाय। वे मान कर चलें कि साठों हमीं को जा रहे हैं!

नई पीढ़ी इन दोनों से असहमत थी! उसका कहना था कि आप लोग अपने मंदिर और महादेव को लेकर चाटिए, हमें हमारी दारू और मुर्गा चाहिए!

रघुनाथ को यह सब सुनाते हुए मजा आ रहा था लेकिन वे देख रहे थे कि सोनल न तो सुन रही है, न रस ले रही है। उसका मन कहीं और है। खाना खा चुकने के बाद जब वे हाथ धोकर आए तो देखा कि सोनल अपने बिस्तर पर औंधे मुँह पड़ी है और सुबक रही है। रघुनाथ उसके कमरे

में खड़े होकर कुछ देर समझने की कोशिश करते रहे—"बेटा सोनल, क्या बात है?"

सोनल फफक पड़ी।

"बेटा, बोल तो सही, बात क्या है?" रघुनाथ ने खुद को सम्भालते हुए पूछा!

"संजय ने दूसरी शादी कर ली पापा!" सोनल ने हिचकियों के बीच कहा—"मैंने कल फोन पर बात की, तब बोला। कम से कम मुझसे पूछ तो लिया होता!"

8

भ्रम और भरोसा—ये ही हैं जिन्दगी के स्रोत! इन्हीं सोतों से फूटती है जिन्दगी और फिर बह निकलती है—कलकल-छलछल!

कभी कभी लगता है कि ये अलग अलंग दो सोते नहीं है। सोता एक ही है—उसे भ्रम कहिए या भरोसा। यह न हो तो जीना भी न हो!

यही सोता रघुनाथ का जीवन था! जब अमेरिका से लौटने के बाद सोनल ने उनसे कहा कि पापा, मुझे लग रहा है, संजय वहीं बस जाना चाहता है। इंडिया आएगा तो जरूर लेकिन रहने के लिए नहीं, 'विजिट' के लिए। तो रघुनाथ उस पर व्यंग्य से मुस्कराए थे—कितना जानती हो संजय को? बाप यहाँ, माँ यहाँ, भाई यहाँ, बहन यहाँ, और तो और बीवी यहाँ। कितना जानती हो संजय को? उन्होंने कहा कुछ नहीं, सिर्फ मुसकराए थे—कि उसने बाप की दीनता और दरिद्रता देखी है। उन्हें दुखी और परेशान देख कर कभी कभी बोलता था कि चिन्ता न करें, इतना कमाऊँगा—इतना कमाऊँगा कि घर में रखने की जगह नहीं रहेगी। लेकिन कमाने के इस रहस्य को न वे समझ पाए, न सक्सेना! आज उन्हें लग रहा था कि उसने सोनल से शादी सोनल के लिए नहीं, अमेरिका के लिए की थी!

रघुनाथ! जो जिन्दगी तुम्हें जीनी थी, वह जी चुके! अब अपनी फजीहत कराने के लिए जी रहे हो!

यह कोई कह नहीं रहा था लेकिन उनके कान सुन रहे थे और यह मूक स्वर उनके दिल तक पहुँच रहा था!

वे भोजन के बाद घर के पिछवाड़े अपने ढाबे में नहीं गए थे उस शाम, 'ड्राइंग रूम' में बैठे रह गए! सारी रात ऐसे ही काट दी—बैठे बैठे! नींद

आई ही नहीं! तरह तरह की आशंकाएँ आ जा रही थीं जिनमें सबसे प्रबल यह कि कहीं यह लड़की आवेश में कुछ कर-करा न ले!

यह कहने की जरूरत नहीं और इसमें भी दो राय नहीं कि इस समाचार से उन्हें एक तरह का 'खल सुख' मिला था—कि उससे विवाह करने के पहले तुमने मुझसे पूछा था? तुम्हारे बाप ने तो बात तक करने की जरूरत नहीं महसूस की थी? यहाँ तक कि निमंत्रण भी औपचारिकता के नाते दिया था। अब भुगतो! जो किया है, उसी का दंड मिला है यह। अब रो क्यों रही हो? मैं या दूसरा कोई क्या करेगा इसमें?...लेकिन यह 'खल सुख' थोड़ी देर के लिए था। ऐसा सोचना उसके प्रति निष्ठुरता और अमानवीयता होती! उस हालत में तो और भी जब उसने अपने व्यवहार से उनका दिल जीत लिया था! ऐसा ख्याल ही अपने आप में नीचता था। ऐसे वक्त में उसे हमदर्दी और प्यार चाहिए।

बिजली 'ड्राइंग रूम' में भी जल रही थी और सोनल के कमरे में भी!

रघुनाथ को जरा सी आहट मिलती तो दबे पाँव जाते और उसके कमरे में झांक आते कि सब ठीक ठाक तो है!

रात के डेढ़ दो के करीब सोनल हँसते हुए ड्राइंग रूम में आई—"पापा, आत्महत्या नहीं करूँगी, निश्चिन्त रहिए! जाइए, सो जाइए मम्मी के कमरे में या अपने ढाबे में!"

रघुनाथ शरमा गए—"मैं इस डर से थोड़े बैठा हूँ भाई! मुझे नींद ही नहीं आ रही है!"

सोनल का ध्यान ड्राइंग रूम में टंगे उस बड़े फोटो पर गया जो उसके विवाह का था। शायद 'रिसेप्शन' के समय का! संजय सोनल दो ऊँची मखमली—फूलों से सजी—कुर्सियों पर बैठे हैं और दोनों के सिर पर हाथ रखे सक्सेना साहब पीछे खड़े हैं!

"पापा, एक प्रार्थना है आपसे!"

"बोलो!"

"यह बात घर में ही रहे! आप, मम्मी और सरला दीदी के बीच! मेरे पापा को न मालूम हो!"

"क्यों?"

"वे बर्दाश्त न कर पाएँगे! दो बार अटैक हो चुका है उन्हें!"

रघुनाथ कुछ कहना चाहते थे लेकिन चुप रह गए! वे सोनल को बोलने

देना चाहते थे—चाहते थे कि उसके मन में जो कुछ है, उड़ेल कर हल्की हो जाय। यही अच्छा है कि वे सिर्फ सुनें!

"पापा, मैं चाहूँ तो उसे कोर्ट में घसीट सकती हूँ, जलील कर सकती हूँ। मैं भाग कर नहीं आई हूँ, उसे छोड़ कर भी नहीं आई हूँ! आई हूँ उसकी रजामंदी से। मैं ही नहीं, वह भी चाहता था कि मैं 'हाउस वाइफ' न रहूँ। नौकरी करूँ और वह भी अपने देश में! और यहाँ आने के बाद भी तुम मीठी मीठी बातें करते रहे। एक बार भी नहीं बताया कि तुम्हारे मन में क्या है? ऐसा भी नहीं कि मुझे बुलाया हो और मैंने आने से इनकार किया हो।

"हद है!" सोनल क्रोध से बिफर उठी—"तुम समझते क्या हो अपने आपको? अरे, तुमने डाइवोर्स के लिए पूछा होता, 'हाँ' कर देती मैं। तुम नहीं देते, कहते तो—मैं दे देती! पूछा तक नहीं, इशारा तक नहीं किया! बगैर डाइवोर्स के शादी कर रहे हो? अपमानित करके मुझे? बिना किसी गलती के, कसूर के? और बेशर्मी यह कि पूछने पर मुसकराते हुए बताते हो कि हाँ, भई! कर ली! करनी पड़ी! मूर्ख समझते हो मुझे? जैसे मैं तुम्हें जानती ही न होऊँ? जैसे तुम्हारी हरकतों से अनजान रही हूँ? मैं तो बच्चू, तुम्हारी खटिया खड़ी कर देती लेकिन क्या बताऊँ? लोग यही समझेंगे कि मैं यह सब गुजारा भत्ता के लिए कर रही हूँ जबकि मैं थूंकती हूँ तुम्हारी कमाई पर!...क्या समय हो रहा है पापा? चार? साढ़े चार? रुकिए, आप को चाय पिला रही हूँ!"

वह उठी और किचेन में चली गई!

ठंड ज्यादा थी! रघुनाथ पाँव समेटे रजाई में लिपटे सोफे पर पड़े थे! उन्हें यह तो अच्छा लग रहा था कि सोनल का मूड बदल गया है लेकिन यह अच्छा नहीं लग रहा था कि वह उनसे ऐसे बात करे जैसे वही संजय हों! गलती उनके बेटे ने की थी लेकिन अपराधबोध से ग्रस्त वे थे! वह भीतर से डरे और सहमे हुए भी थे!

वे कहते किसी से नहीं थे लेकिन गाँव उनके लिए सुरक्षित नहीं रह गया था! बेटों को गाँव गए कई साल हो गए थे। उनकी कोई दिलचस्पी ही नहीं रह गई थी गाँव में! घराने के लोग सनेही को ठीक से काम नहीं करने दे रहे थे! तारीख पहले 'बुक' करने के बावजूद जसवंत उनके खेत

तब जोतता जब सबके जुत जाते और यही हाल सिंचाई का था। सनेही के खड़े होने और रोकने के बावजूद उसकी नाली बन्द कर पानी पहले अपने खेत में ले जाते थे लोग। उसकी खेती हर बार पिछड़ रही थी! बाहरी आदमी—लोगों से झगड़ा मोल लेकर एक दिन भी टिकना मुश्किल था! रघुनाथ खुद कहते थे हर बार—गम खा जाओ, सह लो, मगर झंझट न करना! दयादों की नजर उनके खेतों पर आ लगी थी—यह बात उनसे छिपी नहीं रही! गाँव जाने पर उनका सम्मान सभी करते थे लेकिन यह 'सम्मान' उन्हें काफी रहस्यपूर्ण लगता था।

नरेश ने अपने घर के आगे उनकी जमीन में खूँटा गाड़ कर भैंस बाँधना फिर शुरू कर दिया था। रघुनाथ देख कर भी अनदेखा करके चल देते थे! कौन रोज रोज किचकिच करे?

इस बार तो सनेही ने जो सूचना दी, उससे वे और भी हदस गए! एक दिन—उनके गाँव जाने के तीन दिन पहले की बात है यह—मोटरसाइकिल से दो लड़के आए थे उनके दरवाजे। पैण्ट शर्ट में। वे उतरे और बरामदे में पड़ी खटिया पर लेट गए! सनेही को बुलवाया, पूछा कि मास्टर रघुनाथ का यही घर है? फिर पूछा—वे कब कब आते हैं? कितने दिन रहते हैं? कब जाते हैं? शहर में कहाँ रहते हैं—तरह तरह के प्रश्न! जाते जाते यह भी कहा कि उनका दिमाग तो ठिकाने है? सनेही ने बताया कि वे अच्छे लड़के नहीं थे! कोई भरोसा नहीं ऐसे लड़कों का? जब दिन-दहाड़े यहाँ आ सकते हैं तो सहर बनारस कितनी दूर है? इससे पहले उन्हें कभी देखा नहीं था! जो चुप था और लेटा था उसके शर्ट के नीचे पिस्तौल या रिवाल्वर जैसी चीज थी! सनेही की रिपोर्ट का असर यह हुआ कि उन्होंने झुटपुटा होते ही घर से बाहर निकलना बन्द कर दिया था! वे कारण समझने की कोशिश करते रहे थे लेकिन नहीं समझ सके!

शीला की तरह रघुनाथ का भी अजब हाल था! वे यहाँ रहते तो गाँव के लिए चिन्तित रहते, वहीं की बातें करते और लौटने का बहाना ढूँढते रहते लेकिन अबकी जैसे संकेत मिले थे, उससे वहाँ के बारे में सोचने से भी डरने लगे थे! अबकी आते वक्त ही उन्होंने तय कर लिया था कि बहुत जरूरी हुआ तो बात दूसरी है, वरना अपने अशोक विहार का ढाबा ही बहुत है! वह बना रहे, उन्हें और कुछ नहीं चाहिए! मगर यहाँ? यहाँ संजय ने उनके लिए एक दूसरी ही समस्या खड़ी कर दी थी! अब वे पूरी तरह से

सोनल की मर्जी पर थे। वह चाहे तो रहने दे, चाहे तो निकाल बाहर करे! भई, आप तभी तक मेरे ससुर थे जब तक आप का बेटा मेरा पति था! जब वह पति नहीं, तो आप ससुर कैसे? किस बात के? यह कोई सराय या धर्मशाला है कि पड़े पड़े रोटी तोड़ रहे हैं? मुफ्त की? चलिए यहाँ से, अपना रास्ता नापिए!

उन्हें भलमनसाहत यही लग रही थी कि वह कुछ कहे, इसके पहले वही कहें कि बेटी, बहुत हो गया, अब आज्ञा दो!

(यह वह समझते थे कि यह कहने का लाभ उन्हीं को मिलेगा। हो सकता है, वह पिघल जाय और मना कर दे)

सोनल चाय लेकर आ गई—दो बड़े मग! एक मग उनके आगे रखते हुए बोली—"पापा, आपने ऐसा बेटा क्यों पैदा किया जो वह नहीं देखता जो उसके पास है; हमेशा उधर ही देखता है जो दूसरे के पास है—लार टपकाते हुए! पता है, उसने आरती गुर्जर से क्यों की शादी?"

रघुनाथ ने चाय सुड़की! वे किसी और सोच में डूबे थे!

"इसलिए कि वह इकलौती सन्तान है करोड़पति एन.आर.आई. व्यवसाई की! एक्सपोर्ट इम्पोर्ट कम्पनी 'आरती इंटरप्राइजेज' के मालिक की!"

"बेटा, हम यह सब नहीं सुनना चाहते! हम सिर्फ इतना चाहते हैं कि अपने पापा को बुला लो और अब मेरी छुट्टी करो।"

"क्या? क्या कहा आपने? जरा फिर तो सुनूं?" सोनल की आवाज सहसा ऊँची हो गई!

रघुनाथ बिना उसकी ओर देखे चाय सुड़कते रहे! सोनल ने उनके हाथ से मग छीन लिया—"जी नहीं, कान पकड़िए और कहिए कि ऐसी बात फिर कभी नहीं करूँगा!"

रघुनाथ ने कातर और निरीह आँखों से उसे देखा!

वह रोती हुई रघुनाथ की गोद में लुढ़क गई—"पापा! संजय ने छोड़ दिया, कोई बात नहीं; आप तो मुझे न छोड़िए!"

9

रघुनाथ अपने जीवन की लम्बाई नापते थे अपने पैरों से—उसकी चाल और ताकत से; फेफड़ों में आती जाती साँसों से। एक समय था जब वे पन्द्रह सोलह मील चले जाते थे ननिहाल। धूप में! बिना थके, बिना कहीं बैठे—और तरोताजा रहते थे! फिर यह लम्बाई घटनी शुरू हुई—आठ मील, फिर छः मील, फिर चार मील, फिर एक मील और अब वह ढाबे में आकर सिमट. गई थी! अगर कहीं निकलना भी होता था तो अब दो पैर काफी नहीं होते थे, एक तीसरा पैर भी लगाना पड़ता था और वह तीसरा पैर था—छड़ी!

अब वह तिपहिया मनुष्य थे!

सन्तोष था तो यही कि उनकी तरह के तिपाए चौपाए मनुष्यों से कालोनी भरी पड़ी थी। जीने का सबब यही सन्तोष था कि वे अकेले नहीं हैं। उनके जैसे बहुत हैं! कई तो उनसे भी बदतर हैं। जिन्होंने जमीनी हिस्सा किराए पर दिया है और खुद रहने के लिए पहली मंजिल चुनी है, वे वहीं अंटके पड़े हैं। किसी तरह बालकनी में आते हैं और वहीं बैठे बैठे पूरे दिन लोगों को आते जाते देख कर अपने जीवित होने का अहसास करते हैं।

रघुनाथ किसी तरह पार्क और नहर तक तो हो आते थे, गाँव नहीं जा पाते थे। यहाँ से थ्री व्हीलर या टेम्पो लेना, बसअड्डे जाना, बस में धक्कामुक्की के बीच चार घंटे बैठे रहना, नहर पर उतरना, फिर वहाँ से पैदल डेढ़ दो किलोमीटर गाँव जाना मुश्किल हो गया था। जोड़ों में दर्द भी रहने लगा था अब। लेकिन जैसे जैसे गाँव जाना कम होता गया था, वैसे वैसे वहाँ की जमीन जायदाद की चिन्ताएँ बढ़ती ही गई थीं!

सोनल ने उन्हें ढाबे से हटा कर घर के 'गेस्ट रूम' में रख दिया था!

वे ठंड से तो बच गए थे लेकिन खिड़की के पास बैठकर रात भर अपने गाँव और खेतों में घूमते रहते और सनेही को सलाह देते रहते! थक जाते तो बाकी समय यह सोचने में लगाते कि आखिर सोनल उनकी कौन है—न बहू, न बेटी—कि उसके घर में बैठे हुए हैं? जो उनके हैं, वे जाने कहाँ कहाँ हैं? उन्हें तो फिकर भी नहीं है इनकी! पूरा कुनबा—जिसकी एक एक ईंट उन्होंने जोड़ी थी—बिखर चुका है! शीला—यहाँ तक कि शीला को भी अपनी बेटी के घर बैठ कर झाड़ू लगाना और खाना बनाना मंजूर, लेकिन बहू के यहाँ मंजूर नहीं! और अब तो यह बहू भी कहाँ रह गई है? शीला या जिसे भी पता चलेगा, दस बात उन्हीं को सुनाएगा उलटे कि किस हैसियत से वहाँ हैं आप?

यही बेचैनी एक सुबह उन्हें कालोनी के शर्मा पी.सी.ओ. ले गई! उन्हें सर्दी जुकाम था! कई दिनों से बाहर नहीं निकल रहे थे! सोनल ही नहीं निकलने देती थी! लेकिन अपने दोनों बेटों से फाइनल बातें करने के इरादे से खिसक आए थे—चुपचाप!

सबसे पहले संजय को उन्होंने फोन किया—यही आठ साढ़े आठ का समय होता था जब सोनल कम्प्यूटर पर बैठती थी!

हलो, मैं बनारस से रघुनाथ!

(संजय)

अपने पास रखो यह चरण स्पर्श! शर्म आती है अपने को बाप कहते हुए मुझे! जो कमीनापन दिखाया तुमने, उसमें मुझे बात नहीं करनी चाहिए, लेकिन...

(संजय)

बकवास बन्द करो! सुनो, मैं अशक्त हो गया हूँ! जिन्दगी का कोई ठिकाना नहीं, कब क्या हो? अब खेती मुझसे नहीं होगी। या तो आकर सम्भालो या बताओ क्या करूँ गाँव की जमीन जायदाद का?

(संजय)

धनंजय से तो पूछूँगा ही, लेकिन बड़े हो तुम! मालिक हो! तुम क्या कहते हो?

(संजय)

नहीं, नहीं, हम वह सब करेंगे जो आप कहेंगे। कहिए तो। सुझाव दीजिए अपना!

(संजय)

हूँ। तो सब बेच दें! उस पैसे से एक डेढ़ कमरे का बनारस में फ्लैट ले लें। बाकी जमा कर दें और उसके सूद से दोनों परानी जिएँ खाएँ!

(संजय)

हाँ हाँ, पेंशन तो रहेगी ही! लेकिन सुनिए, यह काम अपने माँ बाप के लिए आप ही कीजिए! यह मुझसे न होगा!

(संजय)

इसलिए कि यह पाप मैं अपने हाथों नहीं करूँगा! इसलिए कि वह पुरखों की चीज है, उनकी धरोहर है। दूसरे की चीज बेचने का हक मुझे नहीं है!

(संजय)

नहीं, मैं बिल्कुल सेंटिमेण्टल नहीं हूँ। लेकिन मेरे खेत जमीन नहीं है। इन्हें जिन्स या माल मानने के लिए तैयार नहीं हूँ! और सुनो, अपनी सलाह अपने पास रखो! साले! नमकहराम!

उन्होंने फोन रख दिया!

कुछ देर सोचते रहे कि दूसरा फोन करें या नहीं! आखिरकार लगा ही दिया नम्बर!

हलो, धनंजय है क्या?

(महिला स्वर)

मैं रघुनाथ! उनका पिता!

(धनंजय)

हलो राजू, तुम बनारस आए लेकिन गाँव पर नहीं आए। मैं इंतजार ही करता रह गया।

(धनंजय)

मौका नहीं मिला तो नहीं मिला जाने दो। ऐसा है बेटा कि मैं अब किसी लायक नहीं रहा। काम धाम होता नहीं। समस्या है खेतों की! उनका क्या करूँ?

(धनंजय)

नहीं, वह तो ठीक है लेकिन सनेही कब तक देखेगा? उसे लोग करने नहीं दे रहे हैं। उनकी आँखें लगी हैं हमारे खेतों पर!

(धनंजय)

लेकिन फायदा आज बेचने में नहीं है! अभी भाव चढ़ रहे हैं जमीन के! समझो पाँच साल में ही दुगुने हो जाएँगे!

(धनंजय)

तो अभी रुक जाएँ? मान लो, रुक जाएँ लेकिन उसके पहले ही मैं चल बसूं तो? संजय भी बाहर, तुम भी बाहर, फिर कौन...

(धनंजय)

ठीक है, बेच देता हूँ लेकिन उतने पैसों का कुछ करना पड़ेगा न? क्या करूँ उनका?

(धनंजय)

आधा आधा बाँट दूँ तुम दोनों भाइयों में? फिर मेरा और तुम्हारी माँ का क्या होगा? हम क्या खाएँगे? अच्छा सुनो, यह बताओ तुम क्या कर रहे हो इन दिनों?

(धनंजय)

अब तक नहीं मिली नौकरी? कितने दिन लगेंगे अभी? तुम्हीं क्यों नहीं आ जाते? मैनेजमेंट के ज्ञान का उपयोग खेती के ही बिजनेस में नहीं हो सकता?

(धनंजय ने फोन काट दिया)

"हरामखोर!" रघुनाथ पी.सी.ओ. के बाहर आ गए! साले, डोनेशन से पढ़ोगे तो पूछेगा कौन? न काबिलियत है न सिफारिश–चले हैं मैनेजर बनने!

वे घर न जाकर सीधे पार्क में गए और लकड़ी की बेंच पर बैठ गए!

पार्क के बगल वाली लेन में घर था पारसनाथ शर्मा का और तीन चार नौकरानियाँ उनसे उलझी हुई थीं! हफ्ते में एक दो बार कालोनी के किसी न किसी घर के सामने ऐसे सीन हो जाते थे! क्यों होते थे ऐसे सीन, इसे सब जानते थे इसलिए उसे महत्व भी नहीं देते थे!

था यह कि हर घर में बाँगलादेशी नौकरानियाँ थीं–सोलह सत्रह की उमर से लेकर पैंतीस चालीस साल की! बूढ़ों में से किसी न किसी की 'बुढ़िया' अपने बेटे पतोह के पास बाहर चली जाती थी कुछ महीनों के लिए। रहती

भी थी तो राग द्वेष से मुक्त हो चुकी होती थी या बुढ़ऊ को इतनी सी छूट दे रखती थी! बूढ़ों में शायद ही ऐसा कोई बूढ़ा था जिसे अपने जवान होने का भ्रम न हो और वो समय समय पर यह 'परीक्षण' न करना चाहता रहा हो कि उसमें अभी 'कुछ' बचा है कि नहीं? तृष्णा का मारा हर बूढ़ा प्यार, दुलार, पुचकार के नाम पर ऐसी छूट ले लेता था और नौकरानियाँ भी साबुन, तेल, नेलपॉलिश, लिपस्टिक या पन्द्रह बीस रुपए बख्शीश पाकर सन्तोष कर लेती थीं। वे उनके यहाँ काम करते हुए अकुंठ भाव से सुरक्षित महसूस करती थीं। समस्या वहाँ खड़ी होती थी जहाँ बूढ़ा अपनी नौकरानी की सेवा के मुताबिक बख्शीश देने में आनाकानी करता था! यह प्रणय कलह जैसा मामला होता था जिसमें किसी तीसरे को दखल देने या बीच बचाव करने की जरूरत नहीं पड़ती थी! (विस्तृत जानकारी के लिए पत्रकार सुशील त्रिपाठी की 'स्टोरी' पढ़िए—'आखिर 'अशोक विहार' के ही प्रवेश द्वार पर 'मर्दाना कमजोरी एवं सिसनोत्थान की समस्या निवारण का जड़ी बूटियों वनौषधियों से शर्तिया इलाज' का पीला तम्बू साल भर क्यों तना रहता है?)

इस कलह कोलाहल से निरपेक्ष रघुनाथ बेंच पर धूप सेवन कर ही रहे थे कि उन्हें खोजते हुए पुराने मित्र जीवनाथ वर्मा आ पहुँचे! उनके साथ ही रिटायर हुए थे और रसायनशास्त्र के अध्यापक थे! नगर में बेटे बहू के साथ साकेत विहार में रहते थे!

कार्यकाल के दिनों में कुछ लोग उन्हें पागल समझते थे और कुछ जीनियस! चना चबेना पर जीवित रहने वाली भारत की अस्सी प्रतिशत जनता उनकी चिन्ता का विषय थी! वे भी शौकीन थे भूंजा (भरसाँय में भुने गए चने, मटर, लाई, चूड़ा, भुट्टे) के। भारी मुसीबत थी आम आदमी की! कड़ाही जुटाओ, बालू या नमक का बन्दोबस्त करो, चूल्हा जलाओ, उसके गरम होने और धधकने का इंतजार करो तब कहीं भूंजा तैयार हो! ऐसा नहीं हो सकता कि यह सब झंझट न पालनी पड़े? वर्षों के चिन्तन मनन के बाद उन्होंने एक प्रयोग किया! चूँकि यह राष्ट्रीय स्तर की समस्या थी जिसका समाधान उन्होंने ढूँढा था इसलिए उनकी हार्दिक इच्छा थी कि उद्‌घाटन वैज्ञानिक ए.पी.जे.अब्दुल कलाम करें। लेकिन अड़ंगा लगाया रघुनाथ ने। उन्होंने कहा कि प्रयोग अभी प्रक्रिया में है इसलिए आयोजन स्थानीय स्तर पर हो!

काफी खर्च किया वर्मा ने! घर के आगे तम्बू लगाया, तीस अध्यापकों

के लिए तीस कुर्सियाँ मंगवाईं, कैटरर से चालीस तश्तरियाँ मंगवाईं, माइक लगवाया! सभी अध्यापकों की तश्तरी में चार चार चने रखे, प्रिंसिपल जिन्हें उद्घाटन करना था, उनकी तश्तरी में पाँच! तालियों की गड़गड़ाहट के बीच प्रिंसिपल ने मुँह में पाँचों चने डाले और कूँचते ही थूँक दिया। माइक पर सिर्फ एक वाक्य बोले—"ये चने लोहे के हैं और जहर हैं।"

सभी अध्यापकों ने चखे बगैर ही प्लेटें फेंक दीं और चले गए!

उनके अनुसार वर्मा ने उनका अपमान किया था और वर्मा के अनुसार उन्होंने वर्मा का!

प्रयोग यों तो गोपनीय था, उसके बारे में बताया भी नहीं जा सकता था लेकिन रघुनाथ को जो जानकारी थी, वह यह—वर्मा ने झाड़ पोंछ कर जमीन पर एक किलो चना फैलाया, उस पर स्पिरिट छिड़का, तीली जलाई, लपक उठी और चने भुन गए! (छिलके जल गए, गूदे ज्यों के त्यों कच्चे रह गए)

यही भूंजा फेम वाले वर्मा कुछ देर दूर से उन्हें घूरते रहे और धीरे से बुदबुदाए—"रघुनाथ!" रघुनाथ ने जब सिर उठाया तो वे लपके—"अरे! यह सचमुच तुम हो? यार, क्या हो गया तुम्हें? ठोकर बैठ गया है, गाल धँस गए हैं, दाँत झड़ गए हैं, आँखें अन्दर चली गई हैं—ऐसा कैसे हो गया? पहचान में ही नहीं आ रहे तुम!"

रघुनाथ हँसे, खड़े हुए, उन्हें बाहों में लिया और अपने साथ बिठाते हुए बोले—"कैसे इधर?"

"कुछ नहीं यार, गए थे कल पेंशन आफिस। जब लौटने लगे तो बड़े बाबू ने पूछा—'रघुनाथ जिन्दा हैं कि गुजर गए?' मैंने पूछा—'ऐसा कैसे बोल रहे हो?' उसने कहा—'फाइल बन्द पड़ी है उनकी! मई से पेंशन नहीं चढ़ी है'। 'क्यों?' उसने कहा कि उन्होंने 'लाइव सर्टिफिकेट' नहीं दिया है! तो मैं आज यही देखने आ गया कि मामला क्या है?

"बहुत अच्छा किया, इसी बहाने तुमसे भेंट हो गई!"

"लेकिन दिया क्यों नहीं तुमने? उसमें कुछ करना तो है नहीं! फारम भर कर रजिस्ट्रार को देना है। वह दस रुपए लेगा और प्रमाणित कर देगा। फिर साल भर की चिन्ता खतम!"

रघुनाथ ने बड़े बुझे मन से कहा—"जीवनाथ! मुझे दस रुपए के जीवन में कोई रुचि नहीं है।"

वर्मा ने बड़ा मायूस होकर रघुनाथ को देखा—"यार, क्या बात है? तुम ऐसे तो न थे!"

"चलो घर! जाना ही हो तो शाम को जाना!" रघुनाथ के एक हाथ में छड़ी और दूसरे में वर्मा का कंधा—घर लौटे!

10

जीवनाथ वर्मा जाते जाते एक नई मुसीबत खड़ी कर गए थे यह कहते हुए कि अपनों के लिए बहुत जी चुके रग्घू, अब अपने लिए जियो!

यह वह बात थी जो कभी उनके अपने दिमाग में ही नहीं आई! अपनों से अलग भी अपना कुछ होता है क्या? क्या बेटे अपने नहीं थे? बेटी अपनी नहीं थी? बीवी अपनी नहीं थी? खेत खलिहान अपने नहीं थे? यह जरूर है कि इनमें से हर एक अपने लिए उनका जीवन चाहता था। किसी को इस बात की परवाह नहीं थी कि वे जी रहे हैं या मर रहे हैं? उसकी अपनी जरूरत सबसे ऊपर होती थी और नहीं चाहता था कि कोई उस पर सवाल उठाए! आप उसे अपने रास्ते जाने दें और जाने देने में मदद करें तो आप से अच्छा कोई नहीं!

लेकिन क्या उनकी जिन्दगी ही रघुनाथ की अपनी जिन्दगी थी?

नहीं; होनी चाहिए थी अपनी अलग से जो नहीं हुई! नहीं रही! और जीवनाथ वर्मा यह तब कह रहे हैं जब कान सुन नहीं सकते, आँखें देख नहीं सकतीं, जबड़े चबा नहीं सकते, कमर सीधी नहीं हो सकती! और यह सारा कुछ अपनों के प्रति पिता और पति के कर्तव्य की भेंट चढ़ गया! वे यह मानने के लिए हरगिज तैयार नहीं कि वे 'अपनों' के वेश में दूसरे थे! वे कहीं से टपके नहीं थे, अनचाहे भी नहीं थे। रघुनाथ स्वयं कृतज्ञ भाव से शीला को दूसरे के घर से लाए थे; यह उसका उन पर उपकार था कि उन्हें न जानते पहचानते हुए भी उनके साथ आई थी और एक नई दुनिया रचने में उनका साथ दिया था।

आखिर किस उम्मीद से रघुनाथ शीला ने मिल कर रची थी यह दुनिया?

वे इतने निःस्पृह और निःस्वार्थ तो नहीं थे और उनकी उम्मीद भी उनसे अलग नहीं थी जो गाँव घर के थे। कि जब वे अशक्त हो जाएँगे तो ये बच्चे उनकी आँखें बनेंगे, उनके हाथ पाँव बनेंगे। कि वे बीमार होंगे तो यही बच्चे उनकी सेवा करेंगे, दवा दारू करेंगे, अस्पताल में भर्ती कराएँगे। कि मरने लगेंगे तो मुँह में गंगा जल तुलसी दल डालेंगे, अर्थी सजाएँगे, श्मशान ले जाएँगे, क्रिया कर्म करेंगे!

लेकिन देखो तो इससे बड़ी मूर्खता क्या हो सकती है? अरे, मरने के बाद सड़ो गलो, कौवे चील खाएँ या कुत्ते–क्या फर्क पड़ता है?

लेकिन यही दुनिया का और दुनिया के चलते रहने का कायदा रहा है–कि पैदा हुए हो तो जियो। जीना तुम्हारा कर्तव्य है। कर्तव्य माने क्या? विवशता। किसी ने यह नहीं पूछा खुद से कि किसके लिए जीना है! वह पैदा होने के बाद से जब तक जी रहा है, जीता रहता है! मरने के दिन तक। मरने के दिन बाप बेटे के हाथ वह सारा कुछ सौंप जाता है जो उसके पास रहता है कि लो, सम्भालो अब। मैं चला!

रघुनाथ के पास गाँव की जमीन के सिवा कुछ नहीं था और उस जमीन को वे अनमोल समझते थे। बेटे उसे 'कैश' में भुना कर देखते थे और कह रहे थे कि इससे ज्यादा तो मेरी एक महीने की इनकम है।

संजय की इस टिप्पणी ने रघुनाथ के भीतर का सारा जीवन रस चूस लिया था। वे अपने कमरे में खिड़की के पास बैठे हुए कदम्ब के पत्तों के पार वह आसमान देख रहे थे जो सूर्यास्त के बाद मटमैला पड़ा था। वहाँ उनकी आँखों के सामने एक मद्धिम तारा था जो हिलते पत्तों की ओट कभी छिप जाता, कभी झाँकने लगता! यह तारा नहीं था उनके पिता थे जो उन पर मुसकराते थे और छिप जाते थे!

''अरे जीवनाथ सुनो, सुनो! अपने दिन तो नहीं बचे जीने के लिए लेकिन जिया है मैंने अपने लिए भी।'' वे सहसा चिल्लाए जैसे जीवनाथ अभी गेट के बाहर खड़े हों।

तारा का तुक लारा। तारा ने उन्हें लारा की याद दिला दी, उस लारा की जो उनकी नितांत अपनी जिन्दगी का गोपनीय हिस्सा थी।

जिन दिनों रघुनाथ अपने 'कैशोर्य' में दाखिल हो रहे थे उन्हीं दिनों उनसे टकरा गई थी लारा चड्ढा। एक अल्हड़ और मासूम सी लड़की। अंडाकार

चेहरे वाली सलोनी साँवली लड़की। सपनीली आँखें। नाक की नोंक पर शरारत। ओठों के कोनों पर मुसकान। लहरों की देह पर जैसे हवा में थर थर बुलबुले। कमी थी तो बस दो डैनों की जिनके सहारे वह जब चाहे तब उड़ सके।

रघुनाथ मामा के घर रह कर पढ़ाई कर रहे थे और वह सामने रहती थी बँगले में। बड़ी बहन हास्टल में थी और वह माँ बाप के साथ! रघुनाथ से एक क्लास ऊपर थी! वह जब तब शाम को बल्ब की रोशनी में पापा के साथ बैडमिण्टन खेलती थी तो रघुनाथ अपने दरवाजे पर खड़े होकर देखा करते थे!

एक दिन जब लारा के माँ बाप किसी समारोह में बाहर गए थे; उसने इशारे से रघुनाथ को बुलाया। वह घर की ड्रेस में थी–स्कर्ट और ब्लाउज में। वह रघुनाथ के साथ कैरम खेलने बैठ गई और कुछ देर खेलती रही! कि अचानक उठी, दौड़ कर लान में गई, पीले गुलाब के फूल के साथ लौटी और बालों में लगा कर खड़ी हो गई–''अब बोलो, कैसी लग रही हूँ?'' भौंचक रघुनाथ देखते रहे और धीरे से बोले–''अच्छी!'' ''अरे, सिर्फ अच्छी?'' लारा की आँखें फटी रह गईं।

रघुनाथ की समझ में नहीं आया कि आगे क्या बोलें?

लारा ने पैर से ठेल कर बोर्ड को एक किनारे किया और हाथ पकड़ कर खड़ा कर दिया रघुनाथ को! उसकी आँखें छलछला आईं, बोली–''गोबर कहीं के! चाहती हूँ कि अच्छी सिर्फ तुम्हारी आँखें नहीं, तुम्हारे ओंठ, तुम्हारी उगलियाँ, तुम्हारी बाहें, तुम्हारी पूरी देह बोले!'' वह एक एक करके उनकी कमीज और पैण्ट के बटन खोलती गई–''अपना भी मैं ही खोलूँ कि तुम भी कुछ करोगे?'' शरमाते हुए उनके कान में बुदबुदाई!

जैसे जैसे वस्त्र उनकी देह से अलग होते गए, वैसे वैसे एक अजानी, अदेखी, अकल्पित दुनिया खुलती चली गई उनके आगे–धीरे धीरे! लेकिन यह 'धीरे-धीरे' असह्य हो गया रघुनाथ को! वे बेसब्र और बर्बर हो उठे! वे लारा के संयम पर चकित भी थे और मुग्ध भी! उसने उन्हें आहिस्ता बिछाया और उन्हीं पर बिछ गई–फूलों से रची हुई गाछ की तरह। उन्हें अपने अन्दर लेने से पहले उनके कान में फुसफुसाई–''बुद्धूराम! कभी मिटाना मत!'' और उन्हें ढँके हुए जीभ की नोक से दाईं छाती पर लिखा–'एल. ए.' जब बाईं छाती पर 'आर' लिख रही थी उसी समय 'कालबेल' बजी!

वह उछल कर खड़ी हो गई, बोली—"पहनो और भागो पीछे से!"

फिर तो महीने भर बाद ही चड्ढा साहब का तबादला हो गया और वह चली गई!

इस बात को या तो रघुनाथ जानते हैं या लारा—तीसरा नहीं! ऐसी बहुत सी बातें हैं उनकी जिन्दगी की जिसे सिर्फ वही जानते हैं! क्या यह अपने लिए जीना नहीं था?

किसी को नहीं पता कि शुरू से ही रघुनाथ ने एक चोरी की जिन्दगी जी है जो उनकी नजर आने वाली जिन्दगी से कहीं ज्यादा असली और अपनी रही है! न माँ बाप को पता, न बीवी को, न बेटे बेटियों को! इसी जिन्दगी के भीतर एक दूसरी जिन्दगी! जिसे लोग देखते और समझते रहे हैं, वह दूसरों के लिए और दूसरों के काम की भले रही हो—उनकी अपनी जिन्दगी नहीं थी! मजे और जोखम उस जिन्दगी में थे जो उनकी निजी थी और जो प्यार की खोज में गुजरी। जमाने से बच बचा के, लोगों की आँखों से चुरा के, अपनों की आँखों में धूल झोंक के, उन्हें धोखा दे के। जिसे उनके सिवा सिर्फ उसे पता है जो उसमें भागीदार रहा है। उसकी भनक भले मिली हो किसी को, मुकम्मल जानकारी किसी को नहीं।

मुकम्मल जानकारी तो तुम्हारे कमीनेपन की भी नहीं है किसी को रघुनाथ? वह भी चोरी का ही जीवन था तुम्हारा! तुम हास्टल में थे उन दिनों! तुम्हारा जिगरी दोस्त श्रीराम तिवारी, भेंट करने आया था तुमसे! आया था तो अस्पताल अपनी माँ को लेकर—उसकी हालत सीरियस थी। माँ को अपने भाई के जिम्मे छोड़ कर तुमसे मुलाकात करने आ गया था! जब वह जाने लगा तो उसकी जेब से गिरे हुए धागे में बँधे नोट तुमने देखे और चुप रहे! बाद में गिने तो एक सौ तीन रुपए! माँ को दिखा कर घंटे भर बाद फिर आया—चिन्तित, परेशान और घबड़ाया! आते ही वह—जहाँ बैठा था वहाँ, फिर चौकी के नीचे, मेज पर और उसके नीचे, कमरे में चारों ओर—देखता रहा! समझने के बावजूद तुमने उससे पूछा—"क्या बात है?" "कुछ रुपए थे दवा के लिए, मिल नहीं रहे! और कहीं तो गया नहीं। तुमने तो नहीं देखे?" और तुमने जवाब दिया था—"अस्पताल की भीड़ भाड़ में सम्भल कर रहना चाहिए था! वहाँ जितने पेशेण्ट आते हैं उतने ही चोर और जेबकतरे भी! यह आम शिकायत है!" "नहीं यार, और कहीं गया ही नहीं। गिरा होगा तो यहीं और कहीं गिरने या जेब कटने का सवाल ही नहीं है!"

"तो देखो न! कहाँ हैं यहाँ पर?" है कहीं?

तो रघुनाथ! यह भी तुम्हीं थे! वही तुम्हारी निजी जिन्दगी! अगर यह जिन्दगी लोगों को पता चल गई होती तो तुम इतने 'आदरणीय' और 'गण्यमान' रह गए होते या नहीं, खुद सोचो!

रघुनाथ ने सोचा और वर्मा की 'अपने लिए जियो' की सलाह पर अविचलित रहे! कि इस दगाबाज 'आदर' और 'प्रतिष्ठा' के मुकाबले आत्मा का यह नंगापन और खुलापन कहीं ज्यादा अच्छा है। अपने लिए भी और समाज के लिए भी! यह सिर्फ आदमी का नहीं, समाज की विसंगतियों का चेहरा है जो ढँका तुपा है! समाज जाने कि अगर मैं कमीना हूँ तो इस कमीनेपन का गुनहगार अकेला मैं नहीं हूँ, वह भी है बल्कि कहिए कि उसी की वजह से मैं हूँ।

"पापा!" सोनल ने दरवाजे से आवाज दी—"आप अभी तक अँधेरे में लेटे हैं?" उसने स्विच ऑन किया और कमरा रोशन हो गया!

रघुनाथ की आँखें चौंधियाईं, फिर फैल गईं—पहली बार सोनल के साथ एक नौजवान। लम्बा, खूबसूरत, आँखों पर नहीं, माथे पर चश्मा, कंधे पर झोला, खादी के कुर्ते और जीन्स की पतलून में। एक हाथ में लिपटा हुआ अखबार! रघुनाथ उठ कर बिस्तर पर आ गए!

"पापा, यह है समीर! दैनिक "भारत" का उपसम्पादक!"

रघुनाथ के पैर छुए समीर ने!

"मेरा कजिन है! मैंने बताया था आपको, भूल गए होंगे! जिन दिनों पटना में रिसर्च कर रही थी, उन दिनों यह भी वहीं था! आज अचानक सेमिनार में मिल गया। ले आई अपने साथ!"

"कहाँ रहते हो बेटा?"

"यहीं पास में ही। संजय नगर में!"

"अरे, वहाँ तो मैं गया हूँ। अपने दोस्त बापट के यहाँ!"

"मैं उन्हीं के फ्लैट के नीचे रहता हूँ! अब तो उनके फ्लैट में उनका बेटा आ गया है बीवी बच्चे के साथ!"

चौंके रघुनाथ—"उनका बेटा? बेटा कहाँ था उनके?"

समीर ने सोनल को देखा! सोनल ने बताया कि उन दिनों पापा गाँव गए थे। उन्हें कुछ नहीं पता!

समीर ने कहा–"पापा जी, क्या आप को खबर है कि बापट का मर्डर हो गया पिछले दिनों? नहर में उनकी लाश मिली थी? और आप आश्चर्य करेंगे कि एफ.आई.आर. इसी बेटे के नाम दर्ज हुई है। पेपर में आया था यह समाचार! इस बेटे को उन्होंने अनाथालय से एडाप्ट किया था जब वह बच्चा था! पढ़ाया लिखाया था, कोई नौकरी भी दिला दी इसको। चूँकि इसका चाल चलन अच्छा नहीं था इसलिए निकाल दिया था उन्होंने घर से! यह चाहता था कि अपने रहते फ्लैट उसके नाम लिख दें! शायद लिखवा भी लिया था इसने; इस शर्त पर कि वह इसमें तभी आएगा जब वह नहीं रहेंगे!...कहना मुश्किल है कि कैसे क्या हुआ?"

रघुनाथ काठ की तरह बैठे रहे–बिना हिले डुले! थोड़ी देर बाद चश्मा उतारा, गले में लिपटे मफलर से पोंछा, फिर लगा लिया! जैसे वे बापट को देखना चाहते हों। इस नगर में आने के बाद जो आदमी अकेला दोस्त हुआ था उनका वह बापट थे। उनके मुँह से आश्चर्य की तरह नहीं, एक 'आह' की तरह निकले ये वाक्य–"यह क्या होता जा रहा है लोगों को! यह कैसी होती जा रही है दुनिया! हम बहुत अच्छे नहीं थे लेकिन इतने बुरे तो नहीं थे!"

"पापा, समीर से कह रही हूँ कि इसी नगर में जब अपना घर है तो वहाँ क्यों है? ऊपर तो एक कमरा खाली ही पड़ा है!"

रघुनाथ ने कातर होकर हाथ जोड़े–"जो करना हो करो, मुझे अकेला छोड़ दो! प्लीज!"

रघुनाथ ने बिना खाए पिए रात गुजारी। नींद ही नहीं आई! वे कमरे की बत्ती बुझा कर सोते थे, लेकिन आज जलती हुई छोड़ दी। एक बजे रात तक उनकी आँखों के आगे बापट का चेहरा घूमता रहा और कानों में उनके गाने–"हाए हाए ये जालिम जमाना!" लेकिन इसके बाद–इसी के बाद उनके दिल ने कान में 'धक् धक्' के बजाय 'कत्ल कत्ल' धड़कना शुरू कर दिया तो रोशनी का रंग पीला से लाल होने लगा। फिर तो वे जिधर नजरें घुमाते, उधर ही फावड़ा, कुल्हाड़ा, हंसिया, चाकू, कटार, ईंट, पत्थर, तमंचा, उछलते कूदते ललकारते दिखाई पड़ने लगे। थोड़ी ही देर में बल्ब से रोशनी नहीं जैसे खून के फव्वारे छूटने लगे और चारो दीवारें लाल हो गईं! वे उठ कर बैठ गए और खुद से बुदबुदाए–"इसी दुनिया में कभी हरा रंग भी होता था भाई, वह कहाँ गया?"

11

जनवरी की वह शाम कभी नहीं भूलेगी!

शाम तो मौसम ने कर दिया था वरना थी दोपहर! थोड़ी देर पहले धूप थी। उन्होंने खाना खाया था और खाकर अभी अपने कमरे में लेटे ही थे कि सहसा अंधड़। घर के सारे खुले खिड़की दरवाजे भड़ भड़ करते हुए अपने आप बन्द होने लगे—खुलने लगे। सिटकनी छिटक कर कहीं गिरी, ब्यौंड़े कहीं गिरे जैसे धरती हिल उठी हो, दीवारें काँपने लगी हों। आसमान काला पड़ गया और चारों ओर घुप्प अँधेरा।

वे उठ बैठे!

आँगन और लान बड़े बड़े ओलों और बर्फ के पत्थरों से पट गए और बारजे की रेलिंग टूट कर दूर जा गिरी—धड़ाम! उसके बाद जो मूसलाधार बारिश शुरू हुई तो वह पानी की बूँदें नहीं थीं—जैसे पानी की रस्सियाँ हों जिन्हें पकड़ कर कोई चाहे तो वहाँ तक चला जाय जहाँ से ये छोड़ी या गिराई जा रही हों। बादल लगातार गड़गड़ा रहे थे—दूर नहीं, सिर के ऊपर जैसे बिजली तड़क रही थी; दूर नहीं, खिड़कियों से अन्दर आँखों में।

इकहत्तर साल के बूढ़े रघुनाथ भौंचक! यह अचानक क्या हो गया? क्या हो रहा है?

उन्होंने चेहरे से बन्दरटोपी हटाई, बदन पर पड़ी रजाई अलग की और खिड़की के पास खड़े हो गए!

खिड़की के दोनों पल्ले गिटक के सहारे खुले थे और वे बाहर देख रहे थे।

घर के बाहर ही कदम्ब का विशाल पेड़ था लेकिन उसका पता नहीं

चल रहा था—अँधेरे के कारण, घनघोर बारिश के कारण! छत के डाउन पाइप से जलधारा गिर रही थी और उसका शोर अलग से सुनाई पड़ रहा था!

ऐसा मौसम और ऐसी बारिश और ऐसी हवा उन्होंने कब देखी थी? दिमाग पर जोर देने से याद आया—साठ बासठ साल पहले! वे स्कूल जाने लगे थे—गाँव से दो मील दूर! मौसम खराब देख कर मास्टर ने समय से पहले ही छुट्टी दे दी थी। वे सभी बच्चों के साथ बगीचे में पहुँचे ही थे कि अंधड़ और बारिश और अँधेरा! सबने आम के पेड़ों के तने की आड़ लेनी चाही लेकिन तूफान ने उन्हें तिनके की तरह उड़ाया और बगीचे से बाहर धान के खंधों में ले जाकर पटका! किसी के बस्ते और किताब कापी का पता नहीं! बारिश की बूँदें उनके बदन पर गोली के छर्रों की तरह लग रही थीं और वे चीख चिल्ला रहे थे। अंधड़ थम जाने के बाद—जब बारिश थोड़ी कम हुई तो गाँव से लोग लालटेन और चोरबत्ती लेकर निकले थे ढूँढ़ने!

यह एक हादसा था और हादसा न हो तो जिन्दगी क्या?

और यह भी एक हादसा ही है कि बाहर ऐसा मौसम है और वे कमरे में है।

कितने दिन हो गए बारिश में भींगे?

कितने दिन हो गए लू के थपेड़े खाए?

कितने दिन हो गए जेठ के घाम में झुलसे?

कितने दिन हो गए अंजोरिया रात में मटरगश्ती किए?

कितने दिन हो गए ठंड में ठिठुर कर दाँत किटकिटाए?

क्या ये इसीलिए होते हैं कि हम इनसे बच के रहें? बच बचा के चलें? या इसलिए कि इन्हें भोगें, इन्हें जिएँ, इनसे दोस्ती करें, बतियाएँ, सिर माथे पर बिठाएँ?

हम इनसे ऐसा व्यवहार कर रहे हैं जैसे ये हमारे शत्रु हैं! क्यों कर रहे हैं ऐसा?

इधर एक अर्से से रघुनाथ को लग रहा था कि वह दिन दूर नहीं जब वे नहीं रहेंगे और यह धरती रह जाएगी! वे चले जाएँगे और इस धरती का वैभव, इसका ऐश्वर्य, इसका सौन्दर्य—ये बादल, ये धूप, ये पेड़ पौधे, ये फसलें, ये नदी नाले, कछार, जंगल पहाड़ और यह सारा कुछ यहीं छूट जाएगा!

वे यह सारा कुछ अपनी आँखों में बसा लेना चाहते हैं जैसे वे भले चले जाएँ, आँखें रह जाएँगी; त्वचा पर हर चीज की थाप सोख लेना चाहते हैं जैसे त्वचा केंचुल की तरह यहीं छूट जाएगी और उसका स्पर्श उन तक पहुँचाती रहेगी!

उन्हें लग रहा था कि बहुत दिन नहीं बचे हैं उनके जाने में! मुमकिन है वह दिन कल ही हो, जब उनके लिए सूरज ही न उगे। उगेगा तो जरूर, लेकिन उसे दूसरे देखेंगे—वे नहीं! क्या यह सम्भव नहीं कि वे सूरज को बाँध कर अपने साथ ही लिए जाएँ—न वह रहे, न उगे, न कोई और देखे! लेकिन एक सूरज समूची धरती तो नहीं, वे किस किस चीज को बाँधेंगे और किस किस को देखने से रोकेंगे?

उनकी बाहें इतनी लम्बी क्यों नहीं हो जातीं कि वे उसमें सारी धरती समेट लें और मरें या जिएँ तो सबके साथ!

लेकिन एक मन और था रघुनाथ का जो उन्हें धिक्कारे जा रहा था—कल तक कहाँ था यह प्यार? धरती से प्यार की यह ललक? यह तड़प? कल भी यही धरती थी। ये ही बादल, आसमान, तारे, सूरज चाँद थे! नदी, झरने, सागर, जंगल, पहाड़ थे। ये ही गली, मकान, चौबारे थे! कहाँ थी यह तड़प? फुर्सत थी इन्हें देखने की? आज जब मृत्यु बिल्ली की तरह दबे पाँव कमरे में आ रही है तो बाहर जिन्दगी बुलाती हुई सुनाई पड़ रही है?

सच सच बताओ रघुनाथ, तुम्हें जो मिला है उसके बारे में कभी सोचा था? कभी सोचा था कि एक छोटे से गाँव से लेकर अमेरिका तक फैल जाओगे? चौके में पीढ़ा पर बैठ कर रोटी प्याज नमक खाने वाले तुम अशोक विहार में बैठ कर लंच और डिनर करोगे?

लेकिन रघुनाथ यह सब नहीं सुन रहे थे। यह आवाज बाहर की गड़गड़ाहट और बारिश के शोर में दब गई थी। वे अपने वश में नहीं थे। उनकी नजर गई कोने में खड़ी छड़ी और छाता पर! जाड़े की ठंड यों भी भयानक थी और ऊपर से ये ओले और बारिश। हिम्मत जवाब दे रही थी फिर भी उन्होंने दरवाजा खोला। खोला या वे वहाँ खड़े हुए और अपने आप खुल गया! भींगी हवा का सनसनाता रेला अन्दर घुसा और वे डर कर पीछे हट गए! फिर साहस बटोरा और बाहर निकलने की तैयारी शुरू की! पूरी बाँह का थर्मोकाट पहना, उस पर सूती शर्ट, फिर उस पर स्वेटर, ऊपर से कोट। ऊनी पैंट पहले ही पहन चुके थे। यही सुबह जाड़े में पहन कर टहलने की उनकी पोशाक थी! था तो मफलर भी लेकिन उससे ज्यादा जरूरी था—गमछा!

बारिश को देखते हुए! जैसे जैसे कपड़े भींगते जाएँगे, वे एक एक कर उतारते और फेंकते चले जाएँगे और अन्त में साथ रह जाएगा यही गमछा!

वे अपनी साज सज्जा से अब पूरी तरह आश्वस्त थे लेकिन नंगे बिना बालों के सिर को लेकर दुविधा में थे—कनटोप ठीक रहेगा या गमछा बाँध लें।

ओले जो गिरने थे, शुरू में ही गिर चुके थे, अब उनका कोई अंदेशा नहीं!

उन्होंने गमछे को गले के चारों ओर लपेटा और नंगे सिर बाहर आए!

अब न कोई रोकने वाला, न टोकने वाला। उन्होंने कहा—"हे मन! चलो, लौट कर आए तो वाह वाह! न आए तो वाह वाह!"

बर्फ़ीली बारिश की अँधेरी सुरंग में उतरने से पहले उन्होंने यह नहीं सोचा था कि भींगे कपड़ों के वजन के साथ एक कदम भी आगे बढ़ना उनके लिए मुश्किल होगा।

वे अपने कमरे से तो निकल आए लेकिन गेट से बाहर नहीं जा सके!

छाता खुलने से पहले जो पहली बूँद उनकी नंगी, खल्वाट खोपड़ी पर गिरी, उसने इतना वक्त ही नहीं दिया कि वे समझ सकें कि यह बिजली तड़की है या लोहे की कील है जो सिर में छेद करती हुई अन्दर ही अन्दर तलवे तक ठुंक गई है! उनका पूरा बदन झनझना उठा। वे बौछारों के डर से बैठ गए लेकिन भींगने से नहीं बच सके। जब तक छाता खुले, तब तक वे पूरी तरह भींग चुके थे!

अब वे फँस चुके थे—बर्फ़ीली हवाओं और बौछारों के बीच। हवा तिनके की तरह उन्हें ऊपर उड़ा रही थी और बौछारें जमीन पर पटक रही थीं! भींगे कपड़ों का वजन उड़ने नहीं दे रहा था और हवा घसीटे जा रही थी! उन्हें इतना ही याद है कि लोहे के गेट पर वे कई बार भहरा कर गिरे और यह सिलसिला सहसा तब खत्म हुआ जब छाते की कमानियाँ टूट गईं और वह उड़ता हुआ गेट के बाहर गायब हो गया। अब उन्हें ऐसा लग रहा था जैसे हवा जगह जगह से नोच रही हो और पानी दाग रहा हो—जलते हुए सूजे से!

अचेत होकर गिरने से पहले उनके दिमाग में ज्ञानदत्त चौबे कौंधा—उनका मित्र! उसने दो बार आत्महत्या करने की कोशिशें कीं—पहली बार लोहता स्टेशन के पास रेल की पटरी पर नगर से दूर निर्जन जहाँ किसी का आना

जाना नहीं था! समय उसने सामान्य पैसेंजर या मालगाड़ी का नहीं, एक्सप्रेस या मेल का चुना था कि जो होना हो, 'खट्' से हो, पलक झपकते, ताकि तकलीफ न हो। वह पटरी पर लेटा ही था कि मेल आता दिखा! जाने क्यों, उसमें जीवन से मोह पैदा हुआ और उठ कर भागने को हुआ कि घुटनों के पास से एक पैर खचाक्।

यह मरने से ज्यादा बुरा हुआ! बैसाखियों का सहारा और घर वालों की गालियाँ और दुत्कार! एक बार फिर आत्महत्या का जुनून सवार हुआ उस पर! अबकी उसने सिवान का कुआँ चुना! उसने बैसाखी फेंक छलाँग लगाई और पानी में छपाक् कि बरोह पकड़ में आ गई! तीन दिन बिना खाए पिए भूखा चिल्लाता रहा कुएँ में–और निकला तो दूसरे टूटे पैर के साथ!

आज वही ज्ञानदत्त–बिना पैरों का ज्ञानदत्त चौराहे पर पड़ा भीख माँगता है। मरने की ख्वाहिश ने उसे कहीं का नहीं छोड़ा! मगर यह कम्बख्त ज्ञानदत्त उनके दिमाग में आया ही क्यों? वे मरने के लिए तो निकले नहीं थे? निकले थे बूँदों के लिए, ओले के लिए, हवा के लिए। उन्होंने नतीजा निकाला कि जीवन के अनुभव से जीवन बड़ा है। जब जीवन ही नहीं, तो अनुभव किसके लिए।

12

रघुनाथ को कुछ पता नहीं कि वे अपने कमरे में कैसे पहुँचे? कौन ले गया? कब ले गया? कैसे ले गया? कपड़े किसने उतारे? बदन किसने पोंछा और तीस साल पुराना खादी आश्रम वाला वह गाउन या ओवरकोट किसने पहनाया जिसके रोएँ झड़ गए थे और जो टाट रह गया था? वे नीचे से नंगे थे और गर्भ में पड़े हुए बच्चे की तरह बुक्की मारे बिस्तर पर पड़े थे। उनके ऊपर कम्बल के साथ रजाई पड़ी थी जिसके नीचे वे दब-से गए थे!

हीटर से कमरे को गर्म कर दिया गया था!

उनके पैर के एक तलवे में समीर तेल रगड़ रहा था और दूसरे तलवे में सोनल! गरम तेल से अजवाइन की गंध आ रही थी।

रघुनाथ के गले से निकलने वाली खर्राटे जैसी साँसें बता रही थीं कि चिन्ता की कोई बात नहीं है। वे जैसे बेहोशी में लग रहे थे—नींद में ज्यादा, जाग में कम। वस्तुस्थिति को समझने के लिए सोनल ने दो तीन बार उन्हें आवाज दी। शरीर में जरा सी हरकत जरूर हुई लेकिन उन्होंने आँखें नहीं खोलीं।

रात आधी से ज्यादा बीत चुकी थी!

"बत्ती बुझा दें?" समीर ने पूछा।

सोनल ने कहा—"बुझा दो!"

रघुनाथ का मन हुआ कि मना कर दें।

पैताने फिर तलवे के पास बैठते हुए समीर ने पूछा—"कल कै बजे से है तुम्हारा क्लास?"

"कल नहीं, आज कहो! नौ बजे से! लेकिन छुट्टी लेनी पड़ सकती है।"

"अरे नहीं, चंगे हो जाएँगे सुबह तक! टनाटन। केवल ठंड लग गई है। वह तो कहो कि मैं समय पर पहुँच गया। जैसे ही गेट के पास कुछ गिरने की आवाज आई, मैं दौड़ा और देखा तो पापा!"

(देखो इस झुट्ठे का! कहीं नहीं दौड़ा! पोर्टिको से ही डंडे से कोंच कोंच कर देखा। खुद डरा हुआ था कि जाने क्या हो? कुत्ता, बिल्ली, जाने क्या?)

उन दोनों की आवाजें रतजगे की थीं–खस खस और फुस फुस! वे धीमे स्वर में फुसफुसा कर बातें कर रहे थे ताकि रघुनाथ की नींद में खलल न पड़े! उन्होंने अपने नीचे कम्बल बिछा रखे थे और शालें ओढ़ रखीं थीं!

"एक बात बताओ, पापा शुरू से ही ऐसे थे क्या? झक्की और जिद्दी। अपने मन के!" समीर बोला।

"पहले यह हाथ हटाओ!"

"कैसा हाथ?"

"यार, सेंसेशन हो रहा है! गुदगुदी। समझते क्यों नहीं?"

"बगल में बैठती हो तो कभी सुनता है मेरी?"

(रघुनाथ को बत्ती गुल होने का रहस्य अब समझ में आया! वे रजाई के अन्दर सिकुड़े सिमटे बन्द आँखों से सारा कुछ देख सुन रहे थे और मारे शर्म के न करवट बदल पा रहे थे, न हिलडुल रहे थे!)

"सोचती हूँ, मम्मी और दीदी को खबर दे दूँ सुबह!"

"जैसा चाहो, वैसे जरूरत नहीं लग रही है इसकी!"

"सोचो, अगर तुम न होते तो क्या होता? अकेली क्या करती मैं?...एइयू...!" सहसा चिहुँक उठी वह "क्या करते हो यह? सब्र नहीं होता?"

"कैसे होगा? ठंड तो देखो?" समीर ने उसके पास–और पास खिसकते हुए कान में कहा–"रोकना है तो मौसम को रोको। सुन रही हो–फिर टिपू टिपू। ये बूँदें कुछ कह रही हैं। क्या कह रही हैं?"

स्वर समीर के गले में कहीं फँस और टूट रहा था!

"सम्मी! प्लीज!" सोनल ने बेचैनी में अपना सिर रघुनाथ के उस पैर पर रखा जिसका तलवा उसकी हथेली में था! उसकी गर्म साँसें उनकी उगलियों पर हवा कर रही थीं!

"यार, उठो तो! पापा सो गए हैं, उन्हें सोने दो!" समीर जैसे गिड़गिड़ाते हुए बोला।

सोनल–घुटनों के बल बैठी और रघुनाथ के तलवे पर माथा टिकाए

सोनल—बीच बीच में सिहर और हिल उठती थी। उसने भर्राई सी आवाज में कहा—"समझते क्यों नहीं तुम? इस हाल में कैसे छोड़ दूँ इन्हें? कब क्या जरूरत पड़ जाय?"

लेकिन उसकी नहीं सुनी समीर ने। उसने बैठी सोनल को लगभग अपनी गोद में उठाया और लिए दिए कमरे से बाहर हो गया!

रघुनाथ को बुरा नहीं लगा! उनके तलवे पर पड़ा हुआ उसका सिर जैसे पहले ही क्षमा माँग चुका था! अभी उम्र ही क्या थी उसकी? रघुनाथ ने मन बनाया कि अगर वह सचमुच समीर को प्यार करती हो और उसके साथ घर बसाना चाहती हो तो वे पापा की हैसियत से कन्यादान करने में पीछे नहीं हटेंगे।

रघुनाथ को पूरी तरह स्वस्थ होने में एक सप्ताह लग गया। वे रजाई बिछा कर लान में लेटे धूप सेंक रहे थे—दोपहर में। सोनल और समीर अपने अपने काम पर चले गए थे। रोज की तरह—आपस में चुहल करते और चहकते हुए। गाड़ी में सोनल के बगल में बैठते हुए समीर ने हाथ हिलाया—'बाय-बाय पापा, हैव ए गुड डे।' जवाब में रघुनाथ ने भी हाथ हिलाया—लेटे-लेटे। कौन जाने, हाथ हिला या हिलाया।

घंटे भर बाद उन्होंने आँखें मिचमिचाईं, आकाश की ओर देखा और उठ बैठे। बैठे हुए वे ऐसे लग रहे थे जैसे लान में आदमी का कोई सूखा बोन्साई हो।

अब सिर्फ दीवारें थीं और वे थे और धूप थी। थोड़ा वक़्त लगा उन्हें सहज होने में।

'गुड डे!'—वे बुदबुदाए।

'गुड् डे!'—वे मुसकराए।

'गुड्डे!' उनकी आँखें छलछला आईं। उन्होंने चौंक कर झटपट आँखें पोंछीं और इतने खुश कि हँस पड़े।

अब वे पूरी तरह सुस्थिर चित्त थे। लेकिन कौन कहे 'पूरी तरह'? क्योंकि महीनों हो रहे थे और कहीं से कोई खबर नहीं—न मिर्जापुर से, न नोएडा से, न अमेरिका से, न पहाड़पुर से। शायद इन सबको पता चल गया था कि रघुनाथ इन्हें हमेशा के लिए भूल चुके हैं; भूल ही नहीं चुके हैं, 'मरा' मान चुके हैं। माया-मोह त्याग कर।

कालोनी हमेशा की तरह निर्जन और उदास अपने घरों में सिमटी थी! ऐसे ही में उनके दरवाजे पर एक बोलेरो जीप खड़ी हुई और उसमें से दो नौजवान बाहर आए! वे वही थे शायद जिनकी चर्चा की थी गाँव पर सनेही ने। अभी हाल में पिछले दिनों।

वे पाँव छूकर उनके अगल बगल बैठ गए ! रघुनाथ ने ध्यान से देखा—वे विश्वविद्यालय के लड़कों जैसे जीन्स और स्वेटर में थे। एकदम टिप टाप। भले और सभ्य घर के। पूछने पर नाम नहीं बताया उन्होंने। वे चौकन्ने थे और हड़बड़ी में लग रहे थे। रघुनाथ ने चाय पानी के लिए पूछा लेकिन उन्हें इतनी फुर्सत नहीं थी।

"सर, इस पर सिग्नेचर कर दीजिए!" एक ने एक कागज बढ़ाया जिस पर पहले से कुछ लिखा था।

रघुनाथ ने चश्मा लगा कर पढ़ना शुरू ही किया था कि दूसरे ने छीन लिया—"हमसे पूछिए न! हम बता देंगे। पहले सिग्नेचर करो।"

रघुनाथ ने उसे घूर कर देखा।

उसने रिवाल्वर निकाल कर दरी पर उनके आगे रख दी!

"कितना दिया नरेश ने? अस्सी हजार? एक लाख? इससे ज्यादा कीमत तो नहीं है जमीन की?" पूछा रघुनाथ ने।

"सिग्नेचर करते हो कि नहीं?"

"वह तो कर देंगे लेकिन मैं दो लाख दिला दूँ तो?"

"दो लाख? कहाँ से दिलाओगे?"

"इससे तुम्हें मतलब? दिला दूँ तो?"

दोनों ने एक दूसरे को देखा—"तो जो कहो, कर देंगे!"

"मार दोगे नरेश को?"

"वह भी कर देंगे!"

"लेकिन मैं उसे मारने के लिए नहीं कहूँगा! काम वह करो जिसमें खतरा न हो, रकम हो, लज्जत हो। जितनी मामूली रकम के लिए दौड़े हुए आए हो उतने की तो पेशाब करता है मेरा एक बेटा!"

"इसीलिए इतना बास मार रहे हो! उसी में नहाते हो क्या?" लम्बा वाला लड़का व्यंग्य में हँसा।

"क्या बोले?" रघुनाथ अपनी हथेली कान पर ले गए—"जरा ऊँचा बोलो।"

"कुछ नहीं, बताओ क्या करना है?"

"पहले तमंचा जेब में रखो और वह कागज हमें दो या फाड़ दो!"

"हाँ बोलो!" रिवाल्वर जेब में रख लिया दूसरे ने!

"मुझे ले चलो! अगवा करो मुझे और फिरौती माँगो दो लाख!"

"कौन देगा तुम्हारे जैसे सड़े गले बुड्ढे का दो लाख?"

"सिर्फ दो लाख इसलिए कि रकम नहीं अखरेगी देने में। मिल भी जाएगी और हत्या से भी बच जाओगे?"

"अरे देगा कौन इस सड़े गले का?"

"सड़ा गला तुम्हारे लिए हूँ, बेटों के लिए तो नहीं, बेटी के लिए तो नहीं?"

"मान लो, इनमें से कोई फिरौती देने न आए तो?"

"यही तो देखना है कि कोई आता भी है या नहीं?"

"हम भी यही कह रहे हैं कि कोई न आए तब?"

रघुनाथ ने क्षण भर सोचा—"तो भी चिन्ता नहीं। तुम्हारी 'पकड़' इतनी गई गुजरी नहीं। इतना है मेरे पास कि खुद को छुड़ा लूँ!"

"बैठे रहो, हिलना मत!" दोनों उठे, थोड़ी दूर जाकर आपस में खुसुर फुसुर किया, फिर वहीं से आवाज दी—"ठीक है, चलो!"

"तो आओ, समेटो रजाई!" रघुनाथ घुटनों पर हाथ रख कर उठ खड़े हुए!

दोनों ने चकित होकर देखा उन्हें—"रजाई क्या करोगे?"

"ओढ़ेंगे, बिछाएँगे, सिरहाना बनाएँगे—जरूरत पड़ेगी तो लुंगी मार लेंगे, और क्या?"

रिवाल्वर वाले लड़के ने रजाई समेटते हुए पूछा—"कुछ खास है क्या इस रजाई में?"

"है न? बेटे ने भेजा है कैलिफोर्निया से।"

"लेकिन यह रजाई तो नहीं लगती।" दूसरे ने सन्देह जाहिर किया।

"लगे न लगे, मैं तो यही बोलता हूँ।" कहते हुए रघुनाथ चल पड़े।

"ऐ बुड्ढे, चलता कहाँ है? कम से कम पैसा तो रख ले दस दिन के फोन फान, राशन पानी, पेट्रोल वगैरह का? खाएगा क्या?"

"सब हमीं करेंगे तो तुम क्या करोगे? बैठ कर नोट गिनोगे?" रघुनाथ की भवें तन गईं। उनके अन्दर का मास्टर फनफना उठा—"और सुनो, तुम्हारे

जैसे लौंडों को पढ़ाते हुए उमर गुजरी है मेरी, इसलिए तमीज से बात करो। मेरी जरूरत तुम्हें है, मुझे कोई जरूरत नहीं है तुम्हारी। समझा?''

रिवाल्वर वाला लड़का बुदबुदाया धीरे से—''चल तो पहले! वहीं बताते हैं कि किसकी किसको जरूरत है?''

''कुछ कहा?'' रघुनाथ ठिठक गए!

''कुछ नहीं, चलो!''

रघुनाथ जब छड़ी के सहारे बाहर आए तब उनका चेहरा बन्दरटोपी के अन्दर था और रजाई लड़के के कंधे पर! वे आगे आगे, दोनों अपहर्ता लड़के पीछे पीछे—जैसे वे बेटों के साथ मगन मन तीरथ पर जा रहे हों।

●●●